天壽讚的笑話大PK

幽默就是這樣，越是心無旁騖，
越能引導出發自內心的喜感。

永續圖書線上購物網
讀品文化事業有限公司
www.foreverbooks.com.tw
yungjiuh@ms45.hinet.net

達人館系列 18

夭壽讚的笑話大 PK

編　　著　笑笑ㄟ西郎
出 版 者　讀品文化事業有限公司
責任編輯　賴美君
封面設計　林鈺恆
美術編輯　鄭孝儀

總 經 銷　永續圖書有限公司
TEL ／(02)86473663
FAX ／(02)86473660
劃撥帳號　18669219
地　　址　22103 新北市汐止區大同路三段 194 號 9 樓之 1
TEL ／(02)86473663
FAX ／(02)86473660
出 版 日　2021 年 01 月
法律顧問　方圓法律事務所　涂成樞律師

國家圖書館出版品預行編目資料

夭壽讚的笑話大 PK／笑笑ㄟ西郎編著.
--二版. --新北市 ： 讀品文化,
民 110.01　面； 公分. --（達人館系列：18）
ISBN　978-986-453-135-6 (平裝)

856.8　　109017829

【編著序】

幽默，是所有問題的答案

某高中的歷史課，老師在台上講得興致勃勃。一個外號叫「大東」的同學卻趴在課桌上呼呼大睡。老師十分生氣，就把大東叫了起來。

老師問：「你說，王安石和歐陽修有什麼共同點？」

大東脫口而出：「他們都是宋朝人。」

老師接著問：「那你說說，他們和唐太宗、諸葛亮有什麼共同點？」

大東愣了愣，答道：「他們都是古代人。」

課堂上一陣大笑，老師將錯就錯，乾脆當個遊戲玩下去，也算活躍課堂氣氛。於是他問道：「那他們和孫中山、李敖有共同點嗎？」

大東想了想，說：「他們都是男人。」

老師接著又問：「如果加上楊貴妃、慈禧呢？」

大東急了：「他、他們都是中國人。」

老師邊笑邊問：「你再說說，拿破崙和凱撒有什麼共同點？」

「他們都當過皇帝。」

「他們和達爾文、希特勒有什麼共同點？」

大東答到這時已經摸到竅門了，他得意地回答：「他們都是外國人。」

老師又緊逼了一句：「那麼，他們和我前面提到的這些人有什麼共同點呢？」

大東一竿子捅到底：「他們都是人。」

老師又問：「據我所知，在這些人當中，諸葛亮養過雞，慈禧、凱撒還養過狗，把這些動物都算上，他們和它們有共同點嗎？」

老師這麼一問，大東的頭上開始冒汗了：「這個……這個……他（它）們都死了。」

「嗯，的確都死了。」老師點了點頭。

大東腿一軟，坐了下來，心想這下子問題應該告一段落了吧？

不料老師又說：「你站起來，還有最後一個問題他們和它們假如現在都還活著，能找出共同點嗎？」

大東傻眼了，他想了足有五分鐘，才哭喪著臉說：「如果不算時差的話，他（它）們應該都吃過午飯了。」聽大東說完，差一點笑到岔氣的老師揮了揮手，終於讓大東安心坐下了。

這一個班上有個同學叫黃家健。

某天上課沒有到，導師進教室後見他座位空著，就問了一句：「咦，黃家健，人呢？」全班大笑，以後都封他為「皇家賤人」。

幽默就是這樣，越是心無旁騖，越能引導出發自內心的喜感。

本書整理了許多風趣小品，還有隨時隨地都能逗你笑，也能與朋友分享快樂的笑話，保證為你消愁解悶，揮別一切煩憂！

目錄

01

熱笑話出爐

假懷孕

某班擁擠的公車上，一名高中生站起身來給一孕婦讓座，那「孕婦」滿腹疑惑地看了看高中生，突然明白過來，哭笑不得地說：「同學，我這是胖！」

理想與現實

不景氣的時代，還是有人非常賣力工作，阿明就是一個難得的模範員工，在公司很受老闆器重。

一天，老闆把他叫過去問道：「阿明呀！你在公司好幾年了，有什麼夢想啊？」

阿明想了一下，回答說：「我想自己開一家公司……」

老闆一臉不屑地說：「這個太遙遠了，說個現實一點的！」

阿明想了又想，然後小心翼翼說：「我想……我想要加……加薪……」

老闆哈哈大笑道：「這個更遙遠！再說個現實的！」阿明無語。

等到那時候

小華：「求求妳，志玲，答應我做我的女朋友吧！」

志玲：「可以，等你鬍子長得像我頭髮這麼長時我就答應你，並且你想對我做什麼都行！」

聽罷，小華仰天長嘯：「等我鬍子留到那麼長時，我想做什麼都不行了！」

牛與石頭

在古代，如果想知道一個山洞有多深，通常都會往裡面投石頭，然後根據聲音來估計洞有多深。

某天，有一人在山上閒逛，發現有個山洞，他就開始推測這洞有多深，恰巧他身邊有塊巨石，於是他就找來一根木棍利用槓桿原理把石頭弄進去。

「碰！碰！碰……」說時遲那時快，只見一頭牛發瘋地狂奔而來，一下子跳進了山洞！這人見此情景，坐在洞邊苦思不得其解。

不一會兒，一個農夫跑過來問：「先生，請問你有沒有看到我的牛？」

「看見了，那牛自己跳進山洞裡啦！」

「怎麼可能呢？我把我的牛栓在一塊大石頭上啊！」

彎刀傳奇

在中國新疆邊境小鎮的集市上，一老太婆提著籃子沿街叫賣：「彎刀嘍──彎刀嘍……」

台灣來的觀光客聽說過新疆的彎刀很有特色，便好奇走過去一看究竟，卻只見到一籃子的梳子、襪子什麼的。

觀光客正納悶著老太婆莫非是掛羊頭賣狗肉，後來才反應過來，原來她在向老外叫賣：「one dollar，one dollar……」

愛的證明

有一對男女正在吃晚餐。

那個女生一直問那個男生：「你愛不愛我？」

男生看了女生一眼，繼續吃晚餐。

女生很生氣又再問了一次：「你愛不愛我？」

男生終於說：「愛。」

女生又問：「那你要怎麼證明？」

忽然，男生從口袋裡拿了三十元出來，問女生：「妳有沒有十元？」

女生拿了十元給了男生，男生就把四十元放在桌上。

過了一會兒，女生很生氣的問男生：「你到底要不要證明妳愛我啊？」

男生說：「我已經證明了啊！妳看，四十擺在眼前！」

刮骨療毒

話說，關羽手臂被毒箭射中，華佗為其刮骨療毒。

關羽問華佗：「大夫，這次手術的成功率有多大？」

華佗說：「成功率百分之一，而且先前我已經做過九十九次手術都不幸失敗了。」

關羽道：「果真如此？那我老命休矣。」

華佗道：「放心！我想我也該成功一次了！」

02 史上爆強繞口令

初入江湖級：化肥會揮發。

小有名氣級：黑化肥發灰，灰化肥發黑。

名震一方級：黑化肥發灰會揮發；灰化肥揮發會發黑。

天下聞名級：黑化肥揮發發灰會花飛；灰化肥揮發發黑會飛花。

一代宗師級：黑灰化肥會揮發發灰黑諱為花飛；灰黑化肥會揮發發黑灰為諱飛花。

超凡入聖級：黑灰化肥灰會揮發發灰黑諱為黑灰花會飛；灰黑化肥會揮發發黑灰為諱飛花化為灰。

天外飛仙級：黑化黑灰化肥灰會揮發發灰黑諱為黑灰花會回飛；灰化灰黑化肥會揮發發黑灰為諱飛花回化為灰。

03 警世狠言

鈔票不是萬能的，有時還需要信用卡。
每個人都應該熱愛動物，尤其是煮熟的。
要節約用水，儘量和女友一起洗澡。
要用心去愛你的鄰居，不過不要讓她的老公知道。
每個成功男人的背後，都有一個女人。
每個不成功男人的背後，都有兩個。
再快樂的單身漢遲早也會結婚，畢竟幸福不是永久的嘛！
聰明人都是未婚的，結婚的人很難再聰明起來。
不要等明天做不完再找藉口，今天就要先把藉口找好。

愛情就像照片，需要大量的暗房時間來培養。

後排座位上的小孩常會造成意外，後排座位上的意外常會造成小孩。

現在的夢想決定著你的將來，還是再睡一會兒吧！

應該有更好的方式開始新的一天，而不是千篇一律的在每個上午都醒來。

努力工作不會導致死亡，不過我不會用自己去證明。

工作真的很有意思，尤其是看著別人工作。

神決定了誰是你的親戚，幸運的是在選擇朋友方面他給你保留了空間。

服飾就像鐵絲網，它阻止你貿然行動但並不妨礙你盡情的觀看。

學的越多，知道的越多。知道的越多，忘記的越多。忘記的越多，知道的越少。那麼，我們倒底為什麼要學習？

04 冰庫級冷笑話

聲音太大

諸葛亮是個精通奇門八術的人，其中有一項特長就是口技。

話說這一日，諸葛亮正與劉備在帳中議事，諸葛亮突然想放屁，又怕被劉備聽見，不好意思。他靈機一動，道：「主公，為了調節一下氣氛，我學啄木鳥叫給你聽如何？」

劉備點點頭。諸葛亮模仿啄木鳥叫了兩聲，趁機把屁給放了，然後問道：「怎麼樣，主公？我學得像不像？」

劉備一臉認真說道：「你再學一次吧！剛才你放屁的聲音太大，我沒聽見。」

撕票記

百元鈔票被犯罪集團綁架了，歹徒打電話給千元鈔票：「喂！你兒子在這裡，不希望我們撕票就用自己來換他！」

千元鈔票想了一下說：「撕吧，撕了你們連一百元都沒有！」

母熊貓別再ㄍㄧㄥ

交配季節到了，公熊貓向母熊貓要求親熱，母熊貓奮力抵抗，抵死不從。

公熊貓無法得逞後，憤憤地說：「ㄍㄧㄥ什麼ㄍㄧㄥ，我們都快絕種了耶！」

烏龜好快

龜兔賽跑，兔子很快跑到前面去了。

有隻烏龜一路過來，看到蝸牛爬得很慢很慢，就對他說：「你上來，我背你吧！」然後，蝸牛就上來了。過了一會兒，烏龜又看到一隻螞蟻，對他說：「你也上來吧！」於是，螞蟻也上來了。

螞蟻上來以後，看到上面的蝸牛，對他打了聲招呼說：「你好！」然後只見蝸牛神情嚴肅地說：「你抓緊一點，這烏龜好快！」

天生臉紅

有一天，動物們在關公廟前面聞到很臭的味道。

蛇說：「我這麼小不會放這麼臭的屁，一定是牛。」

牛說：「我是吃草的，不會放這麼臭的屁。」

豬說：「放屁的人一定會臉紅。」

忽然關公衝了出來，把豬打飛說：「說了多少次了，我臉紅是天生的。」

蚯蚓自殘

蚯蚓一家這天很無聊，小蚯蚓就把自己切成兩段打羽毛球去。

蚯蚓媽媽覺得這方法不錯，就把自己切成四段打麻將去了。

蚯蚓爸爸想了想，就把自己切成了肉絲，搞得回天乏術。

蚯蚓媽媽哭著說：「你怎麼這麼傻？切這麼碎會死的！」

蚯蚓爸爸奄奄一息地說：「因為我……突然想踢足球。」

五十萬對百萬

二次大戰期間，一德國軍官問一瑞士軍官：「你們有多少人可以作戰？」

「五十萬吧！」

「如果我們派一百萬大軍進入你們的國境，你們怎麼辦？」

「那我們只好每人開兩槍。」

烤魷魚

有個人釣魚，釣到了一隻魷魚。

魷魚求他：「你放了我吧！別把我烤來吃啊！」

那個人說：「好的，那麼我來拷問你幾個問題吧！」

魷魚很開心說：「你拷（烤）吧，你拷（烤）吧！」結果，魷魚就被烤來吃了。

坐中間

老師：「為何考這麼爛？」

小東：「眼鏡度數不夠。」

小西：「我脖子扭傷。」

小南：「前面同學個子太高。」

小北：「隔壁同學用鉛筆，我看不清楚……」

「那麼，小中你呢？」

小中：「因為我坐他們四個中間。」

判二十年

法官看著被告，狐疑的問道：「我好像見過你？」

被告滿懷希望的抬起頭來回答道：「是的，您太太就是我二十年前介紹給您認識的。」

「原來是你！」法官咬牙切齒說：「判你有期徒刑二十年。」

錢摔破了

一天小仁在巷口撿到十塊錢，他很高興的跑去跟鄰居小洋說。

可是，小洋卻信誓旦旦的說：「這一定是我昨天不小心掉在巷口的那個十塊錢。」

小仁說：「確定是你掉的？可是我撿到是兩個五塊錢耶！」

小洋說：「那一定是掉的時候摔破了。」

龍蝦和炒A菜

某海產店，阿星問：「你們這裡有三斤重的龍蝦嗎？」

服務生：「對不起，我們這裡沒有。」

阿星：「我就知道你們這種格調低的地方沒有……那給我來一盤炒A菜！」
次日，阿星：「你們這裡有三斤重的龍蝦嗎？」
服務生：「先生，請等一下……對不起……」
阿星：「我就知道你們這種格調低的地方沒有……」
服務生：「對不起，三斤多一兩的龍蝦可以嗎？」
阿星：「我就知道你們這種格調低的地方沒有正好三斤重的龍蝦，快給我來一盤炒A菜！」

總會被吃

一位年輕的教師剛給豆豆講完一個羊的故事，說有一隻羊因為離開了羊群而被狼吃了。
「明白了嗎？」老師說：「如果這隻羊乖乖的不離開羊群，就不會被狼吃了，對吧？」
「對，老師。」豆豆說：「但他後來會被我們吃掉。」

漏點露點

下課點名，如果沒來期末成績將被扣掉五十分！恰巧念到某同學時不知怎麼就跳了過去，於是該同學大喊一聲：「老師，你漏點（露點）了！」

年逾花甲的老教師低頭看看了說：「沒有啊！」

05 嗆堵！賭氣夫妻家書記

老公的信

親愛的老婆：

妳在娘家還好嗎？從我們嘔氣到現在，妳已經離家出走達三十八小時零三十七分鐘了，這距離妳出走史上的最高紀錄還差四個小時又二十一分鐘，我知道妳在等我向妳登門道歉，我也準備這樣做，但我更希望妳能堅持下去，再創妳出走史上的新高！

我在家裡一切還好，請不要惦念。

雖然，妳帶走了存摺，不過，妳不用擔心我的經濟來源，因為我手裡還有一張

妳信用卡的附卡。信用卡用起來就是方便，我已經買了五件襯衫，七條內褲和十二雙襪子，估計每天一套能穿到妳回來了。名牌就是名牌，雖然貴了點……

我的伙食問題妳也不用擔心，我已經到七家新開張的餐廳試吃過了；小胖、黑皮和豬頭三他們怕我一個人孤單，天天陪著我，不過他們盡點好菜好酒，我沒辦法啦，妳知道我死要面子的。

最讓我心煩的就是對門新搬來的那個女人，差不多每天都來借醋借鹽什麼的。不過妳放心我是絕不會犯錯的，這方面妳要對我有信心。

至於，家裡妳種的那些花花草草，我想讓它們提早適應沙漠化的環境，絕不給它們澆水，這有利於它們的物種進化。

對了，我們家的寵物貓小咪咪是陪妳一起回娘家了嗎？我兩天沒見到牠了。

妳也不用擔心我那兩個可愛的小舅子會一時衝動來找我做出什麼不理智的事來，昨天我找他們來打了兩圈麻將輸了一些錢給他們，順便向他們講了我們之間的一點小事，他們聽後拉著我的手哭著說：「姐夫，真是苦了你啦！」

我會接妳並向妳道歉的，不過妳在娘家安心地住一段時間也好，畢竟老人家們也需要妳。

另：如果妳明天不回來的話，小珍約我去唱KTV我就去了，反正閒著也是閒著，老是拒絕人家也不好，終究是公司的同事嘛！

再見！

妳親愛的老公

老婆的回信：

親愛的老公：

謝謝你的來信！我在娘家一切都好，不用掛念。忘了告訴你了，存摺上的存款已經轉存到了我的帳戶，本來我還稍許擔心你的經濟情況，不過既然你膽敢預借信用卡的現金額度過得那麼優渥，也就用不著我擔心了。

另外我做個善意的提醒，家裡廚房碗櫃最下面還有兩包速食麵，雖然你現在吃得蠻不錯的，不過我還是有些擔心，也許當信用卡額度用爆之後，小胖、黑皮和豬頭三他們個個忙得沒空理你時，你會動用到它們的。

替我向對門的新鄰居問聲好，月底房屋貸款就會到期，到時你就不得不和你的新朋友說拜拜了！對了家裡的花你千萬別澆水，我種的是仙人掌。小咪咪和我在一起，家裡的殺蟑藥早就用光了，現在你一定和小強相看兩不厭吧！

我那兩個可愛的弟弟當然不會找你什麼麻煩，他們一直在勸我離婚，找一個有本事的男人。

現在才覺得回家的感覺真好，不必每天那麼辛苦的洗衣燒飯，可以自由的逛街血拼，真是開心！

祝你明天和小珍玩得愉快，另外聽說小珍的新男友是刑事警察局的拳擊教練，也不知道是真是假，你知道我沒那麼八卦的啦！

再見！

你親愛的老婆

06 見鬼啦！憲哥語錄

憲哥：「接下來，大家一定以為我要採訪下一個嘉賓，錯！我要採訪我們的吉他手。這才是我們節目的精髓，讓你永遠想不到我們要做什麼……（走到吉他手旁邊）現在我站在吉他手旁邊，（轉向鼓手）那麼請鼓手談談他的想法——但是他的看法，我們不在乎——」（然後走開）

憲哥：「請大家用『三長兩短』這個成語造句，我先來造一個：鄰居老王家有一個匾額，上面四個大字『三長兩短』。」

「接下來，大家再用『五顏六色』這個成語造句，我先來造一個：鄰居老吳家有一個匾額，上面四個大字『五顏六色』。」

憲哥：「你們不要看康康長這樣，康康其實是混血兒。他是混外星球的……」

憲哥：「我告訴你們哦，他／她這個※※※在我們※※界可是最※※的哦，來，※※※……」（幾乎介紹不熟的都用這招）

憲哥：「說起我們這個藍心湄呀，可不得了，人家可是我們台灣的影后！」

藍心湄竊喜，憲哥：「息影之後。」

拍外景搭檔是朱茵，到路邊攤吃東西，憲哥對旁觀者狂喊：「你們要保守祕密，千萬不要把我跟朱茵已經在一起的消息告訴狗仔，我們在一起已經很長一段時間了！已經有兩個多小時了！」

憲哥：「小明，在一次車禍中失去了一條腿。」康康在現場，馬上演出斷了一條腿的模樣。

憲哥：「又一次車禍中，小明失去了他的另一條腿。」康康繼續演，在地上打滾。

憲哥：「一次車禍中，小明又失去了他的一條腿。」康康呆住。

憲哥：「終於在下一次車禍中，小明失去了他最後的一條腿……其實小明是一條狗。」

憲哥對大波妹：「平時都吃什麼，才有這麼棒的身材？」

大波妹：「喜歡吃水果。」
阿雅：「我也喜歡吃水果呀！」
憲哥對阿雅：「人家喜歡吃的是木瓜，妳呢？喜歡吃葡萄。」
憲哥：「妳最喜歡你身體的哪個部分？」
女藝人：「眼睛。」
憲哥：「哦，為什麼呢？」
女藝人：「因為……因為我眼睛很圓。」
憲哥：「啊，妳有見過方形的眼睛嗎？」
憲哥：「商女不知亡國恨，妓女不懂婚外情。」
憲哥：「要想人不辣，除非己莫辣，辣到最高點，心中有辣辣，兩人山中來比辣，看是妳辣還是我辣！」（其中「辣」字還可以換成別的）

限制級性暗示版

憲哥對女藝人說：「給妳十秒鐘，請列舉每月都會來一次的東西？」
被問的女藝人心中有了答案，於是臉上露出尷尬的笑容。

憲哥：「告訴妳！水電費帳單，電話費帳單，銀行帳單……」

憲哥：「我的一個朋友是混幫派的，為了不怕砍，在背上紋了一個龜殼……所以我每次見到他，都要忍不住摸摸他的頭……」

女嘉賓跳完舞後，憲哥：「妳的舞跳得真是光屁股坐板凳，有板有眼……」

少林寺和尚上節目表演武術，憲哥：「NO NO，看看他是不是手上都長老繭了……」

NO NO：「是因為練功的關係嗎？」

憲哥：「是因為晚上寂寞的關係吧！」

憲哥：「人家的第一次，就是在半推半就的情況下……學會彈鋼琴的！」

憲哥：「為什麼你們可以那麼受歡迎啊？」

AV女優：「因為男人脫了沒看頭！」

憲哥：「有啊，怎麼沒看頭，男人脫了就看到頭了呀！」

某次談到關於公車色狼的話題，一來賓說自己遇到過被色狼亂摸但是沒有喊叫。

憲哥：「不能縱容壞人，要學習阿雅，馬上就大喊出來：『好爽啊，好爽啊！』」

憲哥：「女人不醉，男人沒機會；男人不醉，女人沒小費；男女都不醉，飯店沒人睡。」

某集，一位女來賓身材好，胸部雄偉，又沒穿內衣，造成激凸效果。

憲哥：「啊喲，好像有誰在瞪著我的感覺。」

憲哥：「我那根東西盤在腰間……是皮帶啦！」

憲哥：「這個內衣不穿就是舒服，看的人也舒服。」

阿雅：「我也不穿。」

憲哥：「妳穿不穿無所謂，又沒有下垂的問題。」

07 當麻辣校園出現終極一班

穿孝服

某高中規定，全校學生都必須穿校服到校，有一中輟復讀的學生從來都不穿，管儀容的教官天天站在門口檢查。

這一天，老師看到此同學沒穿校服，責問他：「為什麼你不穿校服。」

此同學大怒，回答：「我媽又沒死，為什麼要穿孝服？」

雞懷孕

生物課上，老師說：「其實黃鼠狼是不吃雞的，科學家做過一個實驗，曾經把一隻雞和一隻黃鼠狼關在一起，到了第二天你們猜怎麼了？」

同學插嘴道：「雞懷孕了？」

叫一聲

語文課，老師叫起某昏睡同學回答問題，該同學迷迷糊糊什麼也說不出。

老師無奈地說：「你會不會呀？不會也叫一聲啊！」

該同學：「啊——」

見狀，老師搖頭加冒汗。

俄羅斯名產

快要期末考了，有一天上地理課，老師在講台上說一個國家，要同學們馬上回答該國盛產的礦產。

說了很多國家以後，老師突然問一句：「俄羅斯盛產什麼？」

全班男生齊聲回答：「俄羅斯盛產金絲貓！」

登上報紙

一美術老師小有名氣，某報上有大篇幅報導，並附了照片，於是在課堂上自吹：「最近總有同學和我說，老師你真了不起，上了報紙還登了照片……」

學生：「我知道，老師一定是鬧緋聞被狗仔隊拍到了！」

從此，美術老師拒絕讓該同學來上美術課。

專車接送

高三某班，數學老師是一老太婆，很愛賣弄自己的學術地位，讓人越聽越煩。

一日在課堂上說：「我在教育部裡很受重視的，他們總是請我去一起研究問題，每次都是派專車接送的。」

同學隨口問了句：「救護車嗎？」

結果，從此這同學被禁止上數學課一個星期。

想老師

一位年逾五十的女英語老師嫌幾個男生不聽課，遂大罵：「你們倒底在想什麼啊？」

有同學一下子被罵呆了，也不知道怎麼的就說了一句：「想妳呢！」

教室裡沉默半晌，只是一雙雙驚恐的眼睛在望著他。

老師呆了一會兒，然後指著那同學大罵：「你真是一個小色狼！」

08 這樣說你就糗大了

考試完後老師發考卷，後面的女生多拿了一張，高呼：「老師，我有了，我有了」，結果坐他旁邊的男生說道：「是我的、是我的」全班為之側目。

朋友小孩六個月了，打電話去關心，寒暄了兩句後，來了一句：「妳的小孩現在是吃人奶，還是妳的奶？」

有一天傍晚，碰到一個熟人，開口就說：「早啊！」

晚上，一室友進屋大聲宣佈：「今天我看七夜版的美國怪談了！」

那天去買西瓜，聽見有人在問賣西瓜的說：「你的西瓜有皮嗎？」

記得有次在路上遇到一條狗，旁邊有個小姐驚訝的大叫：「哎呀，那個尾巴沒有狗！」

「快起來，曬太陽屁股囉——」

記得小時候去買玩具槍裡裝的圓形塑膠子彈，直接對玩具店裡的老闆說：「買一包原（圓）子彈！」

同學向我解釋如何撥打某公司的客服電話。我想問問那邊接電話的是真人還是語音，竟說成了：「接電話的是活人，還是死人呀？」

政治課時談到中日政治問題，扯啊扯的說到日本武士剖腹自殺。老師介紹說：「日本的武士，要死之前都是剖腹產的——」

有一次我打電話給一位姓王的新客戶，總機接電話的是一個聲音很甜的美眉，她告訴我他的分機號碼，我不知道我要找的這位姓王的是男是女，我就順便問了一句：「請問他是男先生，還是女先生？」

大三那年寒假，我同學去魚市場打工。客人拿了挑好的魚，我同學很溫柔地指著殺魚台對他說：「你過去，有人會把你殺掉……」

昨天有個人說要幫我介紹一個女朋友，我本來想問「漂亮嗎？」，結果說成「便宜嗎？」

畢業旅行時，老師叮嚀我們：「坐遊覽車時乖一點，不要把頭和手丟出窗外……」

我老公非常瘦，有次我急了就說道：「老公，看你瘦的像豬一樣！」

每次我去台中出差除了買太陽餅之外，老婆餅也是必買的。那天我在餅鋪裡看到新出了一種模樣極相似，只是稍微小一號的老婆餅，我感到好奇，就向店員問道：「請問，這個是小老婆餅嗎？」結果，我頓時成為餅鋪中所有人目光的焦點。

表姐家開幼稚園，有一次她有急事，要我去幫她照顧那些小朋友一個小時，帶孩子們做遊戲、講故事什麼的。頭一次面對十多個小孩，太緊張了，舌頭打結：「小朋友，今天阿姨給你們講一個『阿拉燈』的故事（阿拉丁和神燈）………」沒想到有個白目的小朋友還回了我一句：「大姐姐，我只有聽過賓拉登耶！」

有一次，我和老公吵架，他罵我：「豬！」我罵他：「你是豬的老公……」罵完真覺得自己是豬。

我在空軍服役時，有一位同梯的飛官弟兄在飛行訓練結業時，對飛行教官說了一句經典的話：「報告儀表，教官正常——」

記得有一次，和一個女生到肯德雞速食店用餐，排隊的時候我聽她口中念念有詞「一個雞腿漢堡、一對雞翅……」，好不容易輪到她了，一開口就笑翻了所有人。她本來想說「小姐，來個雞腿漢堡」，可是話一說出口竟成了「小腿，來個漢堡！」

讀大學的時候，有位同學和我爭論問題，說得我語塞而處於下風，情急之下我用力拍著桌子起身大叫：「你少唬爛，我又不是不笨！」

小惠第一次參加學校的朗誦比賽，特別緊張，老師鼓勵了老半天，她手心還是冒汗。終於輪到小惠了，她咬緊牙關，緩緩走到了講台前開口說：「老師們，同學們，我朗誦的題目是：紅葉瘋（楓）了……（楓葉紅了）」

小明讀到國小三年級，每次看到有同學被老師點到台上念自己作文總是很羨慕，心裡一直盼望老師也能讓自己念一回。機會終於來了，老師說：「小明，把你的作文給大家念一下！」小學生倏地一下站起來：「題目：我的老師。老師，我好像你的母親……」

在大學女生宿舍裡，某女同學老是喜歡在鏡子前顧影自憐，有一天她有感而發轉頭對室友說：「妳們看，我的胸毛美不美？」看到大家不敢置信的表情，她趕快修正：「噢，我是想問我的眉毛凶不凶啦！」

在描述對日抗戰的舞台劇中，劇情演到女主角小香子主動向日本軍官承認她是國軍特務以拯救整村子人們的性命時，老村長出面救她，台詞是：「小香子，妳瘋啦？」演老村長的演員一時緊張，脫口而出說道：「小瘋子，妳香啦？」

國小升旗典禮，頭一回擔任司儀的小朋友透過麥克風廣播著：「全體起立！奏國旗，升國歌……」

我帶兒子去公園的池塘邊餵鴨子，他一邊給鴨子撒麵包屑一邊追著鴨子到處跑，我拿著切好的蘋果在後面追他（他不愛吃，我只能伺機塞給他吃）。他不停地跑，我不停地喊著：「過來吃一口蘋果再追鴨子！」重複這句話好幾次之後，我有次竟然大聲喊出：「過來吃一口鴨子……」還好，一發現不對我就馬上閉嘴。

某小孩不聽話，媽媽一激動直接蹦出一句：「給我把屁股脫下來打褲子！」

我是個中學老師。有一天教導學生在公車上要給老人和抱小孩的婦女讓座，一開口就說出了「給抱婦女的小孩讓座」，結果整個班上都笑翻了，很多昏昏欲睡的學生也都打起了精神。

09 異想天開搞笑錄

怕什麼？

湯姆弄了一把火力強大的自動步槍放在家裡，每當老婆瑪麗大發脾氣時，湯姆總是二話不說，到旁邊擦步槍去了，瑪麗便嚇得面容失色。一場內戰還沒開始，就結束了。

兒子強尼忍不住問湯姆：「媽媽是不是怕你殺她？」

湯姆很得意地說：「不是啦，她是怕我自殺。」

另有所用

「格林先生，我簡直不明白。」醫生不滿地說：「你總請我給你開安眠藥，可是你怎麼每天深夜還總是泡在酒吧裡？」

「這你就不懂了，這藥並不是給我服用的，而是為我妻子準備的。」

避免慌張

一婦女聽人家說：凡是發生極重大的事情的時候，只需要喝一口冷水，就不會慌張。

一天，她和丈夫乘船出去遊玩時，不料丈夫失足落水。她見丈夫慌張，便道：「別慌！先喝一口水！」

如何騙他

一名擁有上億資產的寡婦，已近五十歲了，但徐娘半老，風姿綽約，看起來比實際年齡年輕許多……

某天，她和一位英俊瀟灑的男人結婚了，那男人只有三十歲。

「噯！你們年紀相差那麼多，他怎麼肯娶妳呢？」

寡婦的閨中密友自問自答，「喔……我知道了，妳一定是騙他說妳才三十出頭，對不對？」

「妳錯了……」寡婦說：「我騙他說我已經七十歲了！」

看孩子

百貨公司裡人潮如織，在一片嘈雜聲中忽然傳來廣播：「有一個穿黃色格子襯衫、藍色牛仔褲的四歲小男孩走失了，請家長立刻到服務台來認領。」

只見一位疲憊不堪的女人隨即對她身邊的男子說：「親愛的，趁著有人幫我們看孩子，我們趕緊再到超市去買點蔬菜。」

防患於未然

新來的年輕職員被老闆叫去。

「我注意到你，」老闆說：「你工作勤奮，而且在每一件小事上都很認真。」

年輕人面露喜色，期待老闆的嘉獎。

「所以，」老闆說：「我不得不解雇你。」

「天哪，這太不公平了。」

老闆笑著說：「本公司有過好幾個像你這樣的年輕人，後來他們都成了行家，然後突然跑出去自己開公司，拼命想擊垮我們。」

兩條隧道

英法兩國為了縮短交通，打算打通隔離英國和法國的海底，建立一條海底隧道，於是兩國各派出一名工程師來開會決定工程打算如何進行。

英國工程師提議說：「其實這個工程很簡單，你們從法國那邊挖過來，我們從英國這邊挖過去，在中途會合，工程就結束了！」

法國工程師問：「要是中途沒有碰上呢？」

英國工程師說：「嗯，那更好，我們就有兩條隧道了！」

極機密文件

辦公室裡，一位平常只注重打扮、工作粗心的女祕書，將一份剛列印好的文件交給總經理。

總經理看了這份錯誤百出的文件之後，說道：「小姐，我知道我曾經吩咐過這是一份極機密文件，但是我萬萬沒有想到妳竟如此認真，居然瞧也不瞧，閉著眼睛把它打完。」

遲到

有一個人坐上一輛計程車，他說：「快快帶我到飛機場去，我要趕十點整的飛機！」

計程車司機看看錶說：「都已經十點零三分了，飛機早已飛走了。」

那人說：「平常這個時候是已經飛走了，但是今天不一樣，我是那班飛機的駕駛員啊！」

粗心的機長

某航空公司一架班機正飛往中正機場途中，突然看到機長迅速往機尾方向跑去，然後拿著一把應對緊急狀況用的斧頭往駕駛艙跑回去。

數位見義勇為的乘客發現機長氣喘如牛又汗流浹背，於是上前說：「機長！是不是遇到歹徒劫機需要我們幫忙嗎？」

機長：「沒有歹徒劫機，請你們回座繫好安全帶，最好穿上救生衣……」

乘客：「既然沒歹徒，難道飛機出狀況了」乘客一陣驚亂。

機長：「飛機很好，很正常……」

乘客：「那你要我們繫好安全帶，穿上救生衣幹嘛！」

機長：「這個……我不小心把自己反鎖在駕駛艙外面，這把斧頭是要去撬開那扇門的！」

船長的命令

有一位船長帶領一批新水手航行在大海上，突然，一艘海盜船向他們駛來。

水手們陷入一片驚慌，然而船長很鎮靜，他向副手說：「拿我的紅色襯衫來！」

船長穿上他的紅襯衫，指揮水手作戰，終於戰勝了海盜。

這天，又來了兩艘海盜船，水手們又害怕起來。船長仍鎮靜地說：「拿我的紅色襯衫來！」終於又打敗了海盜。

水手們不解的問：「您為什麼總要穿紅色襯衫打仗？」

船長說：「這樣做，萬一我受傷，你們就不會因看到鮮血而驚慌啊！」

這天，突然來了十幾艘海盜船。

這次，水手們更加害怕，他們都緊張地看著船長，等著船長拿紅色襯衫的指示，船長想了半天，對等著他命令的副手說：「快拿我的黃褐色褲子來，我現在就要穿！」

快速反應

年輕的警察們在進行考試。

「現在我們假定，」考官說：「深夜，一位漂亮的女郎找到你，抱怨某個陌生人糾纏她，企圖擁抱她吻她。你將怎麼辦？」

「我會馬上請求這位女孩幫助我模仿一下這個惡棍所犯的罪行。」一個警察毫不猶豫地回答。

這是銀行搶劫

臨近下班時一個男人闖進某大銀行的分行。他將帽沿壓得很低，握著手槍以命令的口氣吼道：「都給我躺下，誰也不許出聲！」

大家都一聲不吭地躺到地上。

科長看見艾莎小姐躺的姿勢，嚴厲斥責道：「艾莎小姐，請妳躺優雅一點！這是銀行搶劫，不是在曬日光浴！」

專業素養

三位科學家由倫敦去蘇格蘭參加會議，越過邊境不久，發現了一隻黑羊。
「真有意思，」天文學家談論道：「蘇格蘭的羊都是黑的。」
「這種推斷並不可靠，」物理學家回應：「我們只能得出這樣的結論：在蘇格蘭有一些羊是黑色的。」
邏輯學家馬上接著說：「我們真正掌握的只不過是：在蘇格蘭，至少有一個地方有至少一隻黑羊。」

求職意向

約翰到某大公司求職，受到了經理的接待。
「你有什麼特別喜歡做的工作？」
「如果可能，我願意參加董事會。」
「你頭殼壞掉了嗎？」

「什麼？頭殼壞掉是作董事的必備條件嗎？」

值得懷疑的員工

亨利打電話給經理，稱他患了喉炎，不能前去上班。

「如果你患了喉炎，為什麼在電話裡說話聲音還不輕一點，幹嘛還要大喊大叫的？」經理不無懷疑地問。

「我說話聲音為什麼要輕一點？患喉炎又不是什麼祕密。」

高高在上

老馬對朋友說：「我底下有幾千名辦公人員。」

朋友向他道喜，說道：「那你的職位一定很高吧？」

老馬從容不迫地答：「我的辦公室在一〇一大樓頂樓嘛！」

好消息

喬治在盧里塔尼銀行工作了十年，仍然還是個職員。他對這個職務不滿意，想找個更好的職位，可是在找到新工作之前他又不想丟掉現在的職位，於是他為自己寫了一封信，信的上端用大寫字母寫道：「救命，我是盧里塔尼銀行的囚徒。」他把這信寄給幾家大公司，請求給予工作。

幾天後，其中的一封信送到銀行的行長手裡，有個人在俱樂部把信交給了他。第二早上，銀行行長請喬治到自己的辦公室，對他說：「喬治，我這兒有你的好消息，盧里塔尼銀行釋放了你。」

一致通過

美國賓夕法尼亞州一個小城，有次冬天大火，火勢難以控制，因為消防柱凍住了，事後，市議會開會討論怎樣防止將來再發生同樣的不幸事件。

大家熱烈辯論了幾小時，有一位議員一躍而起，大聲說：「本席建議，以後每次火災前三天，應將消防柱徹底檢查一次。」立刻有人附議，並獲得全體一致通過。

推脫

兩個工程師克勞斯和迪特在工地工作。

克勞斯很懶，收工後不願把工具箱提回去，就在箱子上貼了個字條：「迪特，麻煩把箱子帶回去，我忘記帶了。」

迪特看到籃子後，也在籃子上貼了個字條：「克勞斯，你自己把它帶回吧，我沒看到你的留言。」

他不在這兒工作

一個工廠的老闆決定對工作場地做一次突擊檢查。當他來到庫房時，看到一個年輕人懶散地倚在一個包裝箱上。

「你現在一個星期領多少錢？」老闆氣呼呼地問道。

「五千元。」年輕人回答說。

老闆掏出錢包，點了五張千元大鈔。「給你一個星期的工資，」他喊道：「現在你給我滾，別再來了！」

這個年輕人把錢塞進口袋急忙走開了。一直站在旁邊的庫房經理訝異的望著這一切。

「告訴我，」老闆說道：「這傢伙在這兒工作多久了？」

「他不在這兒工作，」經理回答說：「他是要來這裡做紙箱回收的。」

健忘的經理

經理對女祕書說：「八月二十日的會議十分重要，請妳記得提醒我。」

女祕書訕然答道：「這是前天的事了。」

「天哪！我居然忘記了參加會議。」

「你去過了。」

難得清靜

銀行裡陳小姐的座位被排在入口處，常常有人問東問西，久而久之陳小姐就覺得很討厭，不勝其煩。有一天，她突然想到一個妙計，便放了一個「此處非詢問處」的牌子。

結果，以後每個來辦事情的人都會先詢問陳小姐：「請問詢問處在哪裡？」

不在人事

一天，人事部的張主任調到別的部門去了，他的一位朋友打電話找他，結果是別人接起的：「請問張主任在嗎？」

「很抱歉！他已經不在『人事』了！」

朋友說：「什麼！這是什麼時候的事?前天我才剛剛跟他通過電話的，怎麼就不在人世了呢？」

「……」

遲到的原因

倫敦一家大公司門口，一張桌子上置放著一個本子，那是讓來公司上班的職員簽到用的。每天九點整，經理的祕書就要在最後一個簽名者的後面劃上一條紅線，這樣她就知道這以下再簽名的都遲到了。

倫敦多霧，有「霧都」之稱。通勤上班的人，早上常會因為大霧而誤點，很不順利。於是在紅線後面簽名的第一個人，通常總要寫上句話：「被霧耽擱了。」

再後來的人，如法炮製，不過只簽上一個「同上」就進去了。

又一個大霧的早上，九點鐘之後遲到的第一個職員，照例簽上了自己的名字，可是他一反常規地另外寫上了一句話：「我妻子生孩子了。」

接著來到的第二個遲到者，照往常那樣，也寫了個「同上」。

後來陸陸續續又來了二、三十個職員。於是本子上留下了一串「同上」。

高興太早

早報的主編傑克斯走進一間閱覽室，他被眼前的景象感動了：許多人伏在案上，仔細讀著他的報紙。

「女士們，先生們，你們好！」傑克斯走上前去激動地說：「我是這份早報的主編，大家這樣認真閱讀我們的報紙，讓我由衷地感動。」

「可是，主編大人，」一位青年讀者接過了話題，「您沒有注意到我們在統計著什麼嗎？」

「這個……」聰明的傑克斯思索了片刻後說道，「大家一定是在統計這張報紙上有幾個錯字吧？」

「不，」年輕讀者說：「我們沒有那麼多時間來統計錯字，我們是在統計對的字！」

勇敢的消防隊

一家公司著火了。公司經理叫來的專業消防大隊無法接近火場，火勢實在太大了。這時，公司請來的另一支業餘消防隊也趕到了。破舊的消防車一下子衝到了離火場很近的地方，消防員拼命打火，大火很快就被熄滅了。

公司經理重金獎勵了這支業餘消防隊。有人問那個隊長，這筆獎金如何安排。隊長不假思索地說：「首先要辦的事就是趕緊把消防車的煞車片修好。剛才真是見鬼了，剎不住車，差點兒把十幾個人都送到火裡去了！」

不容再犯

一個人在領薪水時發現少了一塊錢。他勃然大怒地去責問會計。會計說道：「記得上個月我多發給你一塊錢，你怎麼沒來吵？」

他大聲答道：「偶然一次錯失我完全可以諒解，但我絕不能容忍這第二次的錯失！」

太不公平

有一個非常懶惰的人，整天不想工作，又老是抱怨工作太累、其他同事偷懶，還說自己做太多事情等等。

有一天，好友介紹給他一項非常輕鬆的工作，真的非常輕鬆，工作是公墓看護員。他懷疑地問：「真的很輕鬆？」

朋友：「很容易，只要站在那裡，不要有人盜墓就可以了。」結果他真的去做了。

兩天後，他辭職了。朋友問他：「工作很輕鬆啊！有什麼不滿意？」

他說：「太不公平了，只有我站在那邊，其他的人都躺著，我不幹了……」

綠化

老李坐在大樹下乘涼，看著新開的大馬路從家門前經過，許多車輛來來往往好不熱鬧。

一會他看見開過來一輛車，在路邊停下，下來一個人，在路邊挖了一個坑，然後回到車裡。過了一會兒，車上下來另一個人，把坑又填上了。車子向前走了一段距離，那個人又下來挖了個坑，過一會兒，又是另一個人把坑填上。就這樣，車子每走一段，就重複一次挖坑，休息，填坑……

老李十分納悶，他忍不住跑過去問：「你們在做什麼？」

兩個工人回答道：「我們三個人一組在進行這條馬路的綠化工程，今天負責種樹的那個人請病假了！」

職業

「請問您一天刮幾次臉？」

「喔，大概有四、五十次吧！」

「咦，這麼多，難道您發瘋了嗎？」

「不，很正常，我是個理髮師嘛！」

果斷的經理

一個芝加哥推銷員從東南地區打電話給他的經理：「我被困在這裡了。」他說：「我們不巧在颶風中心。航班取消，公共汽車和火車停運。公路也被大水沖毀了。我該怎麼辦？」

「從今天早晨起，開始你的兩周休假！」

數台階

一位記者奉命前往某國採訪，寫了一篇關於一個新成立的國家總統府的文章。文章是這樣開頭的：「數百級的台階，通向圍繞著總統府的高牆。」

總編輯收到稿件後給記者拍了電報，要他搞清楚確切的台階級數和圍牆的高度。因為雜誌急於付印，總編輯又一連發了兩份加急電報，但都無回音。他隨即又發了一份電報，告訴記者如果再裝聾作啞，就要解雇他。

一星期後，記者終於回電了，可憐的他被捕了，並且被關進監獄。不過，他總算還被允許回一份電報。在電報中，他向總編輯報告，就在他數到通向總統府十五英尺高的圍牆的第七百三十九級台階時，他被捕了。

不是我的部下

國防部長接到公共汽車公司經理的電話：「部長先生，您的部下簡直無法無天！當公共汽車經過你們營地時，您的部下拿步槍向汽車射擊。」

局長說：「是真的嗎？」

經理說：「幸運的是沒人受傷，但他們都非常準確地射中了輪胎。」

局長說：「非常準確嗎？那絕對不是我的部下，我的部下大部分都未達到射擊標準。」

幫忙

老黃跟小張在街上閒逛，巧遇舊時老黃的老闆鄧先生。

老黃即刻向小張介紹說：「這位是鄧先生，以前是我的老闆，現在已經是大財主了！」

鄧先生向小張說：「我能有今天，全是這位黃先生的幫忙！」

老黃驚訝地說：「可是我不是已經離職好多年了嗎？」

鄧先生說：「正因如此！」

忙中出錯

董事長為參加宴會，在公司門口急急忙忙跳上一輛計程車，同時大聲說：「我要趕時間，開快點！只剩下二十分鐘了！」說完便打開手上的晚報來看。

一直看了十幾分鐘，他才抬起頭來，一看，車子還在公司門口，他大為生氣，正要責罵司機時，才發現車上根本沒有司機。

填表

負責招聘的經理對他的新雇員說：「這份表格你填得不錯。就是有一點，你在填與太太的『關係』一欄時應該填『妻子』，而不該填『緊張』。」

醫治頭痛

老闆來到辦公室，聲稱自己頭痛得厲害。

有一個職員發表高見：「前幾天，我也頭痛得厲害，但一會兒就好了。是我妻子把我拉到沙發上，一會兒緊緊擁抱我，一會兒又親吻我。這樣，我的頭痛很快就好了。」

老闆聽後，戴上帽子，小聲說道：「我倒也想試試這個辦法。請問，現在你的妻子有在家嗎？」

只為薪水而來

一個女孩走進一家大公司的經理部，問：「你們公司有需要女祕書嗎？」

看了她的履歷表，人事主管說：「我們是很想錄用妳，小姐，可是目前景氣太差，根本沒有事可以做。」

「有沒有事做我並不在乎，只要有薪水領就行！」

遲到有因

女職員：「我本來可以按時上班，無奈我出門後便有一個男人在我後面緊緊跟著。」

經理：「但這不見得會影響妳上班啊！」

女職員：「因為那個人走得很慢，時間就拖長了。」

改煮別的湯

女士：「警察先生，一年前我丈夫出門要去買玉米罐頭回來給我煮湯，結果去了再也沒回來，你說我該怎麼辦？」

警察：「嘿，我說妳怎麼就那麼傻？妳就別等他的玉米罐頭了，改煮別的湯吧！」

遲到的理由

經常遲到的珍妮，今天又遲到了。不過，珍妮的媽媽讓她帶了一張紙條給經理，上面寫著：「很抱歉，我女兒經常遲到。這是因為我家有三個妙齡女郎，而鏡子卻只有一面。」

幸好不知道

有一天，一個想訂機票的客戶很不滿女服務員的態度。於是客戶打電話給該公司的總經理報怨。

客戶：「總經理啊，你知不知道你們的服務員態度很差啊！」

總經理：「應該不會吧？」

客戶：「不然你自己假裝是客戶，打電話去不就知道了？」

總經理覺得這樣也好，於是就打電話去了。果然，那服務員態度真的很差，所以總經理生氣了。

總經理：「妳知不知道我是誰啊？妳敢這樣講話？」

服務員：「我怎麼會知道啊！」

總經理：「全公司大大小小的事都是我在管，我就是本公司的總經理。」

服務員：「哦！原來你是總經理！那妳知不知道我是誰？」

總經理：「不知道！」

服務員：「還好不知道！」於是服務員趕緊把電話掛上了。

男性的特徵

公司新雇了一名已婚的女電腦操作員，老闆發現她每次操作完電腦後，總是對電腦說：「老哥，你做得很好！」

老闆好奇地問她：「小姐，妳怎知道這台電腦是男性的呢？」

「因為它總是要我先動手，他才肯工作！」

比照同等級

職員：「報告老闆！」

老闆：「什麼事？」

職員：「我老婆要我來請求您提拔我。」

老闆：「好吧！我今晚回家問問我老婆，是否應該提拔你。」

一字不漏

在辦公室裡，祕書小姐問老闆：「你要我把你說的，一字不漏地記下來嗎？」

老闆不耐煩的回答：「剛才就說過了，妳沒聽懂嗎？現在給我坐好，一字不漏地記下來！」

一小時後，信打好了，內容如下：

「王經理：他媽的，這傢伙的字怎麼這麼難看！也不知道叫祕書打個字！來信知悉。您要購買的零件，喂，小李，馬志達汽車廠要的零件是多少錢？哦！兩仟元？好的，經過本公司會計部核算，計為兩仟伍佰元整，哼！這多出來五佰元算是對他筆跡潦草的懲罰。希望能很快接到您的訂單。好了，妳可以起來了，妳這小胖妞還真不是普通的重，坐得我兩腿發麻！」

找錯機器

小王看到新來的漂亮小姐滿臉疑惑地站在碎紙機前，於是熱心地上前問是否需要幫忙。

小姐道：「請問這個東西如何用呢？」

小王從小姐手中拿過紙來，放入碎紙機中，開始示範如何操作，但是小姐仍然是滿臉疑惑。

於是小王又問：「有什麼不懂嗎？」

小姐道：「是啊，到底影印好的文件從哪裡出來呢？」

求職難

某學妹想轉中文系，她有個同學跟她講了個不識相的笑話：有個政治大學中文系畢業的男生，一直找不到工作。有一次經過學長介紹，得知木柵動物園在招聘新進員工，便去試試。

由於動物園裡老虎不夠，園長要他做的工作就是披著虎皮扮母老虎。因為待遇還好，又急著有份收入，他就答應了下來。

於是，他硬著頭皮披著虎皮進了籠子。同一個籠子裡還有一隻公老虎，讓他非常害怕，不停地顫抖。

此時，只見公老虎慢慢靠近，對他說：「學弟，不用害怕啦！我是學長。」

祖母復活

「你相信人死後會復活嗎？」班長問一位二等兵。

「報告班長，我相信。」這個二等兵答道。

「這樣的話，事情就合理了。」班長繼續說：「昨天你請假去參加你祖母的葬禮，你離開以後，你祖母就到這裡來看你了。」

老、小哥倫布

在多明尼加共和國，導遊正介紹哥倫布之墓。

「奇怪，」一遊客說：「幾年前在西班牙，我也參觀過哥倫布墓。」

「啊，」多明尼加導遊回答，「西班牙那個是老哥倫布的，這個是小哥倫布的。」

謀生的方式

一個猶太人走進一家商店，請求店主施捨點什麼，他是個音樂家，卻無力養活他的家人。

店主突然想起，他最近看見過這個人，兩個星期以前他自我介紹說是個鞋匠。

對此，猶太人回答說：「是的，在這樣困難的時候，只靠一種職業謀生是不可能的。」

同行

一位律師面授打字員給另一律師寫封信。

「信的開頭怎樣寫？」打字員問，「是尊敬的先生嗎？」

「尊敬的？他可是一個十足的滑頭和騙子，不能這樣稱呼。要嘛就稱親愛的同行吧！」

想辦法彌補

約翰氣呼呼地給報社打電話質問：「你們報紙在搞什麼名堂，明明我還活著，為什麼發表我的死訊？你們要負責刊登更正啟事。」

編輯：「真對不起，要更正是不可能的。」

約翰：「為什麼？」

編輯：「為了維護我們報紙的信譽，我們從不刊登自相矛盾的消息。不過，我們可以想另外一個辦法來彌補一下。」

約翰：「有什麼辦法呢？」

編輯：「我們可以在明天的《出生欄》裡，刊登您出生的消息，讓您重新做人。」

高效率

一個人走進警署對警長說：「警長先生，昨天我曾到這裡報案失竊一件貴重的珠寶，可是今天早上我們發現東西並沒有丟，所以請你們不必再查緝了。」

警長皺著眉頭說：「哎呀，你為什麼不早一點來告訴我們？今天早上我們已經把賊抓到了，而且法官已判了他的罪呢！」

原來是大學生

某公司新聘任的年輕人第一天上班，部門經理很親切地與他打招呼並交給他一把掃帚，告訴他第一項工作是把辦公室的環境清掃乾淨。這個年輕人驚訝地拒絕道：「我是大學生！」

部門經理尷尬地道歉道：「啊！對不起，我真的不知道你是大學生，請把掃帚給我，我來教你掃地。」

本州慣例

一個太守剛到任，百姓們一連三天演戲慶賀，並且有人帶頭呼喊：「全州百姓齊慶賀，災星去了福星來！」

太守一聽把前任太守罵作災星，卻把自己當成福星，高興極了。忙問：「這兩句詞兒寫得太好了，是哪位高手寫的？」

百姓們答道：「這是歷年傳下來的。本州慣例，新上任都要這樣喊。等太爺卸任，新太守上任時，我們還是會這樣喊的！」

球王和總統

巴西某小禮品店有條別出心裁的店規：凡是各界名人前來購物，一律不必付錢，只需以他的拿手絕招來證明他的身份即可。

一天，球王比利來到這家店裡，為了證明自己確是比利，他就順手拿起店裡的一顆球放到地上，用腳輕輕一勾，又飛起一腳，把球不偏不倚踢在門鈴上，門鈴聲叮噹未絕，又見他用頭一頂，把剛要落下來的球頂到原來的地方，位置竟絲毫不差。

老闆馬上招呼比利，請他挑選所需物品，不必付錢。

接著，又來了一個人，自稱是巴西前總統。老闆仍是照章辦事，請他以絕招來證明身份。

此人面有難色說自己並無絕招，老闆和氣說道：「沒關係，你隨便做些什麼都行。」那人極為尷尬地說：「說真的，我什麼都不會。」

老闆馬上恭恭敬敬地請來人坐下，並連聲說：「這就對了，這就對了！您的確是前總統了。東西您隨便挑吧！」

腦袋沒壞

一位太太進了議會大廈，上樓梯時失足摔倒了。路過的首相親切的扶住了她。

「首相先生，叫我怎麼感謝您呢？」
「下次大選投我的票就行了。」
「不，我只不過膝蓋摔壞了，腦袋可沒壞。」

連忙改口

當埃爾・史密司第一次當選為紐約市的總督以後，前往某一監獄視察。典獄長請求他對囚犯們講幾句話，他不知從何講起。

最後他開口了：「我的公民們！」突然他想到一個人進了國家監獄後就不再是公民了，連忙改口說：「我的囚犯們！」他覺得這也不太恰當，於是又連忙改口說：「嗯，不管怎樣，我很高興看到你們這麼多人在這兒。」

議員的腦子

某人聽說施行某種手術可以讓他得到一個新的腦子，他走進醫院，問醫生有些什麼貨色貯存著。

「這是一位出色的工程師的腦子，每盎司五百元。」

「還有什麼？」

「這是一位律師的腦子，一千元一盎司。」

「你們還有點什麼嗎？」

醫生們面面相覷，接著示意他走到一個遮蓋住的容器前面。他們輕輕地說：「這裡面裝的是立法委員的腦子，它每盎司要二十五萬元。」

「啊！為什麼這麼貴？」那人驚呼道。

醫生們對他說：「首先，立法委員的腦子幾乎都沒使用過；其次，你知不知道，必須多少個立法委員才能弄得到一盎司的腦子嗎？」

有便宜就占

某承包商因為生意上的原因，準備用一輛新型、豪華的小轎車向一位議員行賄。這位議員卻板起臉說：「先生，正常的行為準則以及我本人的基本榮譽感，都不允許我接受這樣的禮物！」

承包商說：「閣下，我很理解您所處的地位，這樣吧，我以十美元的價格把這輛車賣給你。」

議員考慮了片刻，斷然答道：「既然如此，我就買兩輛。」

別忘了我也在這

台北政府某部門的兩個職員爭辯得面紅耳赤，沒注意到主管就在旁邊。

甲說：「你是最大的糊塗蟲！」

乙反唇相譏：「再也找不到比你更愚蠢的人了！」

「兩位請注意，」主管忍不住插嘴了：「你們都忘了還有我在這裡。」

抬價有道

一位電子公司的總經理把公關主任召來，說：「你聽著，有人在試圖收購我們的公司，我要你設法把我們股票的價格抬高，讓他們買不起。不管你用什麼方法，只要達到目的就行了。」

第二天，該公司股票的價格上漲了五點，第三天又升了八點。總經理非常滿意，問公關主任：「你是怎麼做到的？」

「我放了一個假消息。」

「什麼假消息？」

「我說你快要辭職了。」

10 大師級幽默

抽象畫

自從畢卡索的抽象畫風行以來，許多人都以畢卡索學生自居。

有一位畫家舉行了抽象畫展，吸引了許多人。有一位老太婆站在一幅畫前，喃喃自語地說：「這究竟是在畫什麼？」

旁邊有一位懂畫的人說：「是畫家的自畫像。」

老太婆又問：「那右邊的那一張呢？」

那人說：「是他太太。」

老太婆點頭說：「基於優生學的考量，希望他們別生孩子！」

衝鋒隊員和畫家

一九三三年，柏林。在舊西區馬克斯李勃曼家隔壁有一幢別墅，因為軍方需要而成為衝鋒隊隊員的訓練學校。

一天，一名衝鋒隊隊員隔著花園矮牆觀看李勃曼作畫。末了，那衝鋒隊員說：「教授先生，就一個猶太人而言，您畫得真夠像樣的。」

李勃曼回敬道：「就一個衝鋒隊員而言，您竟然還有不小的藝術鑑賞力。」

如願以償

在美術館裡，一位男士邊欣賞一幅油畫，邊坐下來誇讚道：「多麼不凡的天才之作。」

他悄聲對站在旁邊的畫家說：「我真希望能夠把這些奇特的色彩帶回家。」

「放心，你會如願以償的，」畫家答道：「因為你正坐在我的調色板上。」

現代派設計

在大學藝術設計班的格貝里聽到下課鈴聲，急忙向外跑去，因為要趕赴一場約會。

匆忙間，格貝里不小心把一大瓶膠水撞倒在地上，瓶子摔碎了，碎玻璃、膠水和塗膠用的刷子混作一團。

格貝里想，等膠水乾了，打掃起來也許更容易，所以沒做清理就先離開了。

等到格貝里赴約回來，發現那片亂七八糟的東西不見了，他感到很納悶，就把情況告訴了一位老師。

老師聽了以後，難以置信的大聲說道：「原來那個東西是這樣來的！有人把它當作現代派的設計作業交上來了。」

傑作

義大利畫家皮得羅安尼戈尼一直對這件事津津樂道：

「當我的房東決定把我租用的畫室賣掉時，我很失望，但我想出了一個辦法。我想，如果房子的牆上有幾條裂縫的話，賣起來肯定不容易。因此，我就畫上了那麼幾條那條從窗戶上面的天花板直通而下的裂縫尤其逼真。

結果之妙大大超過了我的預期，十八個月當中，果然連一個買主也沒有。如果說我曾經創作過什麼傑作的話，那麼就是這幾條裂縫。」

畫肖像

一個有錢的寡婦請一個畫家為她已故的丈夫畫一幅肖像。

「好的，」畫家說：「您有他的照片嗎？」

「唉，沒有。正是因為沒有照片，我才請您畫一幅肖像的。」

「那麼，太太，我要怎麼畫這幅肖像呢？」

「你怎麼去畫與我不相干，這是你的事；至於我，我只能告訴你：他的眼睛是灰色的，頭髮是黑色的，嘴上有一撮小鬍子，而且整天微笑著。」

「好吧！」畫家說。

一個月後，他來到這個寡婦家中，把畫成的肖像拿出來放在壁龕上。這個寡婦注視片刻之後，驚叫道：「沒有想到，他實在變好多啊！」

現代美

皮埃爾是巴黎蒙馬特爾的肖像畫家，他以前衛派畫家自居。有一次，他在塞納河畔開了一個畫展，把自己的作品都張掛起來。

有個五十歲的婦人從旁邊走過，見了他的畫，說：「哎喲，這畫可真有趣。眼睛朝那邊，鼻孔衝向天，嘴是三角形的呢！」

皮埃爾對老婦人說：「歡迎妳來參觀，太太，這正是我描繪的現代美呀！」

「那太好了！年輕人，你結婚了嗎？我把長得和這畫像幾乎一模一樣的女兒嫁給你好嗎？」

只要價格是實際的

女兒嫁給了一位抽象派畫家。

一天，她回來對媽媽說：「我丈夫老是畫那種抽象派的畫作！」

「孩子，讓他畫去吧！管它抽象不抽象的，只要能賣個實際價錢就行！」

財主與畫家

有個財主，請一位畫家為他畫一幅法老和法老的軍隊淹死在紅海之中的畫，但他不肯多出錢，和畫家爭了半天，最後才答應付半價。

過了兩天，畫家來見財主，打開畫卷一看，畫面上全塗著紅顏色，沒有一個人。財主吼道：「這就是我叫你畫的畫嗎？」

「是的。」畫家說：「你看，這一片紅的就是紅海。」

「以色列人在哪裡？」

「渡過紅海了。」

「法老和法老的軍隊呢？」

「淹到海裡了。」

印象派畫

一位印象派畫家畫了一幅作品，題為《日出》，送去展覽。

在展覽會上，工作人員不知是出於無知還是疏忽，把這幅大作給掛顛倒了。他們正準備把它回正過來，這時畫家走上前來制止說：「不必了。」他拿起筆來把作品的標題改了一個，成了《日落》。

日落的景色

在一次現代畫展中，一個人站在一幅畫面前，一邊認真地看著畫，一邊對畫家說：「您畫得太好了，我看到口水都流出來了。」

畫家驚訝的問：「為什麼你看見日落的景色要流口水？」

看畫人回答：「我以為你畫的是煮熟的雞蛋呢！」

夫人買畫

一位夫人到畫商那兒去買畫，她挑來挑去，挑中了一幅靜物畫，畫上有一束花、一碟火腿和一個甜甜圈。

夫人問：「這幅要賣多少錢？」

「五十美元，這可是非常便宜的了。」

「可是，我前兩天看見的一幅畫，幾乎和這幅一模一樣，才賣二十五美元。」

「那它一定畫得不如這幅好。」畫商很內行地說。

「不，我覺得它比這幅好。」

「為什麼？」

「它那幅畫的小碟子裡的火腿要比這一幅多很多。」

藝術技巧

旅遊者們在巴黎的協和廣場，聽到兩個「街頭藝術家」在吹噓自己的藝術技巧。

畫家：「上次我在路上畫了一枚金幣，有個乞丐看見了，伸手就要去撿。」

雕塑家：「那算什麼！有一次我雕刻了一根香腸，一隻狗把它叼走了。啃了半天，才發現那根香腸不能吃。」

女高音演唱

一位法官帶著他的兒子到巴黎劇場去聽音樂會，一位女高音歌手正唱著一首熱情奔放的歌曲。

「爸爸，為什麼那個男人要用他的棍子嚇唬那個女人呢？」

「不是嚇唬，他是樂隊的指揮。」

「既然不是嚇唬，那為什麼她叫得這麼大聲呢？」

傷心的聽眾

有一次宴會上，有一個破嗓子的女人，執意要為大家演唱一首《我的肯德基老家》的歌曲。唱完，還恭恭敬敬地給大家一鞠躬。

這時，一位年老的女客人竟傷心地哭了。
主人問：「希爾太太，妳是肯德基人嗎？」
年老客人說：「不是的。」
「那麼妳為什麼難過呢？」
「我是個音樂家，我為這首歌感到委屈！」

糟糕的演唱

女歌手唱完《假如我是一隻小鳥》時，跑到台下問作曲家：「我唱得好嗎？」
作曲家惱怒地說：「如果我有一隻禿鷹，一定把牠作為禮品送給你。」

女社會學家和土著人

一位女社會學家在非洲叢林中考察。她拿出照相機準備給一群正在嬉鬧的土著兒童拍照，突然，那些孩子向她大聲嚷嚷起來。
女社會學家臉刷地紅了，她趕忙向土著首領解釋起來，說她忘了有些土著人是不讓人照相的，因為他們認為那會攝走他們的靈魂。她又詳細地向土著首領講解起照相機的原理。土著首領幾次想插話都找不到機會。

最後，女社會學家感到足以使土著人息怒時，才讓土著首領說話。只見土著首領笑著說：「那些孩子嚷嚷是在告訴妳，妳忘了打開照相機的鏡頭蓋。」

最好的明星

第二次世界大戰期間，馬克斯參加了明星串聯大公演，推銷戰時公債。他來到芝加哥軍人廣場演出，觀眾有十一萬人，馬克斯準備再度演出時，一個賣包子的小販，跑到後台和馬克斯握手。

「依我看來，」他說：「你是今晚最好的明星。」

馬克斯聽了很開心，因為和馬克斯同台演出的都是當紅藝人。

「真的，馬克斯先生，」他補充說，「你演奏豎琴時，我賣出的包子比別人在台上時多四倍。」

畫像不難

老畫師開導學徒：「找顧客願意讓你為他畫肖像不難，畫肖像本身也不難，難的是讓顧客相信你畫的確實是他本人。」

難以評論

在音樂會上。兩位音樂評論家在台下交談：「這位歌手唱得怎麼樣？您喜歡嗎？」

「很難說，因為我的眼鏡忘在家裡了。」

救命的歌喉

一位有名的男高音歌唱家對朋友們說：「我的歌聲曾經救過我一命。」

「請您把這件事講給我們聽聽。」

「我每天早晨在家裡練嗓子。有一天，我的鄰居對我嚷：『如果你再唱下去，我就割斷你的喉嚨！』」

「後來呢？」朋友問道。

「後來，我就不唱了。」

四個模特兒

一個畫家給了那個正在擺著姿態的美麗模特兒一個溫暖的吻。

「我敢打賭，你對你所有的模特兒都是這樣的吧！」她喘著氣說。

「不，」他說：「妳是我唯一、也是第一個親過的模特兒。」

「你有過多少個模特兒了？」

「四個。一個桃子、一個梨、一個蘋果，還有妳！」

引以為戒

畫家在蘇格蘭畫了兩星期的畫，心情一直非常愉快。

臨行時，他的房東卻拒絕接受租金，不過，表示想要一張畫家所畫的水彩畫，農夫聳聳肩說：「錢算什麼？一星期就全花完了。但是你的畫可以一直在這裡。」

畫家受寵若驚，不斷感謝農夫太看得起他了。

但農夫笑笑說：「噢，不是那樣，我有個打定主意要學畫的兒子。我希望他看過你的畫之後，就不再會有這種念頭了。」

誰都得罪不起

某個接受政府補助的劇團編了一個劇本，新聞局長審查後，指示男主角最後應該活著，立法院長指示男主角最後應該死去。

團長感到很為難，編劇說：「不要緊，我寫兩個結尾。新聞局長審查，就演男主角活著；立法院長審查，則演男主角死去。」團長點頭同意了。

劇本修改好，沒想到新聞局長和立法院長一起來審查了。團長急得團團轉，編劇對他附耳低言了幾句，演出就開始了。

戲演到接近結尾時，台上突然宣佈：「演出到此結束。」局長和院長聽了，一起走進後台問道：「戲為什麼不演完？」

編劇對他們說：「非常不幸，演男主角的演員忽然得了急病，已送到醫院動手術了，目前，是死是活還沒確定。」

幸虧是眼科醫生

一位眼科醫生成功地治好了一個著名的超現實派畫家的眼疾。收費的時候，醫生說可以不收錢，但希望畫家為他畫一幅畫，內容由畫家自己選擇。

畫家很感激醫生為他治好眼疾，於是他畫了一個碩大無比的眼睛，每個細節都精細入微，並且在瞳孔的正中央為醫生畫了個完美的肖像。

眼科醫生看到這幅畫，一下子被畫家過人的藝術表現力所震懾了。他驚訝地張大了嘴，半晌才說：「謝天謝地，幸虧我不是痔瘡專科醫生。」

區別顯著

有人向著名文藝評論家請教：「十九世紀的小說與當代小說之間，有什麼區別？」

文藝評論家說明：「在古典小說裡，年輕男女的接吻一般出現在第一百五十頁之後；而當代小說，往往從第二頁便開始介紹他們的私生子了。」

兄弟有別

作曲家問評論家：「為什麼您的兄弟對我的作品從不表態，而您總是貶低它呢？」

「要知道，」評論家回答，「如果我也像我兄弟那樣聾的話，我也絕不表態的。」

顛倒過來做

一個不很有名的短篇小說作家對一個短篇小說大師說：「很奇怪，我能夠在一星期內寫一篇短篇；但要把它出版，我得等上整整一年。」

「這並沒有什麼奇怪！」大師說：「應該顛倒過來做，用整整一年的時間來創作一篇短篇；那麼，你就能在一星期內看到它出版了。」

流行不等於高尚

赫爾岑是俄國著名的文學批評家。他有一次參加一個晚會，晚會上演奏的輕佻音樂使他非常厭煩，他不得不用手捂住耳朵。

主人向他解釋：「演奏的是流行歌曲。」

赫爾岑反問一句：「流行的樂曲就是高尚的嗎？」

主人聽了很是吃驚：「不高尚的東西怎麼能夠流行呢？」

赫爾岑笑著說：「那麼，流行性感冒也是高尚的了？」

暖場

鋼琴家波奇是一位幽默家。有一天他到美國密西根州福林特市演奏，開場前發現上座率很低，不到五成。他雖然很失望，但並沒有因此影響自己的情緒。為使場內觀眾不感到冷清，他便走向舞台前方，笑著對觀眾說：「福林特這個城市的人們一定很有錢，因為我看到你們每個人都買了兩三個座位的票。」立刻，空蕩的劇場充滿了笑聲，為他的演奏作了暖場。

不如自己演

在邱吉爾晚年，美國一家電影製片廠擬拍一部反映他的經歷的傳記片，並重金聘請影星查理佛洛頓扮演主角。

邱吉爾得知佛洛頓將因扮演自己而獲鉅額酬金時十分氣憤：「首先，佛洛頓這傢伙太胖了；其次，他也太老了。既然演我能拿這麼多錢，還不如讓我自己來演！」

都為混口飯

畢卡索對冒充他的作品的假畫，毫不在乎，從不追究，看到有偽造他的畫時，最多只把偽造的簽名塗掉。

「我為什麼要小題大做呢？」畢卡索說：「作假畫的人，不是窮畫家就是老朋友。我是西班牙人，不能為難老朋友。而且那些鑑定真跡的專家也要吃飯，而我也已經賺夠了。」

催眠效果

法國十九世紀的大文學家大仲馬喜歡跟別人開玩笑，一些玩笑與他的文學作品一樣，使他的聲名大噪。

有一次，法蘭西劇院演出蘇密的悲劇，他到劇院看戲，與蘇密坐在一起。大仲馬注意到，有一位觀眾呼呼大睡。他拉了拉蘇密的胳膊說：「瞧，這就是你的戲的效果！」

第二天晚上，法蘭西劇院上演大仲馬的一齣戲，他本人坐在正廳的一個地方看演出。這時有人拍他的肩膀，他一看，原來是蘇密。蘇密指指前面，有一位先生睡得正熟。

「你瞧，我親愛的大仲馬，你的戲有時也會給人催眠哦！」

「噢，別太快做判斷，」大仲馬反駁說：「他似乎就是昨晚我們看見的那個人，應該從昨天睡到現在還沒醒吧！」

拙劣的詩

德國十九世紀著名作家台奧多爾馮達諾在柏林當編輯時，收到一個年輕人寄來的幾首拙劣的詩，並附了一封信：「我對標點向來是不在乎的，請你視需要自己填上吧！」

馮達諾很快退稿，並附信說：「我對詩向來是不在乎的，下次請只寄些標點來，詩由我自己填好了。」

怕破產

一位英國詩人在剛剛創作完他的傑作《仙女》的時候，把稿子拿到有名的詩鑑賞者沙盛普東伯爵那裡去。

門房把他的稿子遞了進去，伯爵立刻讀了幾頁，因為寫得太好，佩服得不得了，便令門房送上十英鎊給作者。再讀下去，伯爵更出了神，又吩咐門房說：「再拿二十英鎊給那個作者。」

說完繼續往下讀，隔了不久他又說：「再拿二十英鎊給他！」可是，再往下讀，伯爵終於發了脾氣，帶著怒意說道：「趕快把那傢伙趕出去，如果再往下讀，我簡直非破產不可！」

準備不足

布朗先生和太太到非洲原始森林裡去探險、獵奇。在穿過一片叢林時，突然竄出一頭巨大的獅子，拖住布朗太太便走。

「快呀！」她向丈夫呼救：「趕快呀！」

「急也沒用！」丈夫喊道：「相機底片用光了。」

省得麻煩

比爾：「為什麼您專畫風景畫呢？」

馬克：「因為直到目前，還沒有一棵樹跑來找我的麻煩，說我把它畫得一點都不像。」

各有一手

甲：「平常我太太練鋼琴，女兒練小提琴，我家頗有藝術氣息吧？」

乙：「那你練習什麼？」

甲：「練習忍耐的功夫。」

最合適的音樂

甲：「我想在新買的鋼琴上放個音樂家的半身像，你說海頓、貝多芬、蕭邦，哪個好？」

乙：「貝多芬最好。」

甲：「為什麼？」

乙：「因為他是個聾子。」

比音樂更美的

法國前駐美大使克勞德愛好音樂，有一次在音樂會上聽貝多芬的交響樂時，一個多嘴的婦人問他：「大使，世界上還有什麼比音樂更美的嗎？」

克勞德冷冷地回答：「有的，不說話的女人。」

運氣不好

某青年畫家專畫海上風暴，畫裡濃雲低垂，天昏浪高。他初次舉行畫展時，女友把全部作品仔細看過，然後就對他說：「真是可惜啊！」

「有什麼好可惜的？」畫家問。

「你的運氣真不好，碰到的天氣總是那麼壞！」

不可思議

在一家美術館裡，有個女人站在一幅肖像前面，那幅畫所畫的是一個衣衫襤褸的流浪漢。

「想想吧！」她高聲說：「連買件像樣衣服的錢也沒有，卻還能夠請得起畫家給他畫像。」

記憶深刻

母女二人去參觀女兒男朋友的畫展。母親發現其中一幅裸體人像酷似女兒，便問道：「妳沒有光著身子給他畫吧？」

「啊，沒有，」女兒答，「他是憑記憶畫的。」

習以為常

男演員：「妳排演這個角色時，為什麼一點都不悲痛？」

女演員：「因為我已經是第七次演癌症患者了。」

暴露的服裝

一個鄉下老太婆在巴黎紅磨坊劇院看歌舞團演出，帷幕剛拉開，就驚叫起來：

「老天呀！這些女孩子們都還沒穿上衣服，就已經開演了。」

一張很美的畫像

小姐：「畫家先生，您能為我畫一張很美的畫像嗎？」

畫家：「當然可以，小姐，您一定會認不出您自己的。」

實在過獎

克妮莉亞奧蒂斯斯金納是美國影星和作家，她出演過多部名劇，廣泛受到歡迎。她與蕭伯納的口舌之爭讓人難忘。

那還是在她年輕的時候，斯金納出演蕭伯納的戲劇《康蒂妲》的主角，這時她早已名聲在外，在這次演出中更是登峰造極。

演出結束後，蕭伯納拍來了電報：「最好的，最偉大的。」

女演員以為是對她的誇獎，便很快回電說：「這麼高的榮譽，實在承受不起。」沒兩天，蕭伯納又拍來了電報：「我指的是劇本。」

斯金納小姐也迅速地回電說：「我指的也是那東西。」

所有人都流淚了

一女演員一向傲慢無禮，令人生厭……女演員：「聽說我演到死的場面時，所有人都流淚了？」

導演：「流淚倒是真的，可是，他們是因為妳不是真的死了而哭泣。」

機智的女報幕員

「尊敬的女士和先生們：下面我們將請在國際比賽中多次獲獎的、世界著名藝術家用小提琴為我們演奏幾首美妙的樂曲。」報幕員對觀眾說。

「可是我根本不是什麼小提琴家，」藝術家不好意思地對報幕員說：「我是鋼琴家。」

「女士們和先生們，」報幕員說：「不巧，小提琴家把提琴忘在家裡了，因此，他決定改為大家演奏幾首鋼琴曲。這機會更是難得，請大家鼓掌。」

沒那份耐心

一位好萊塢女明星歇斯底里地對導演大嚷大叫：「您恨我，您恨我！我知道，您就盼著我快點兒死，然後陰險地向我的墳墓吐口水！」

導演：「不會的，我可沒耐心去排那長隊！」

沒有生意的畫家

有個畫家，一點生意也沒有。有人勸他將他自己與妻子畫成像，掛在門外作廣告。畫家依計而行。

有一天，他丈母娘來了，指著畫上的女人，問女婿道：「這個女人是誰？」

「就是您的女兒。」

「她為什麼和這個陌生的人坐在一起？」

劇本的效果

一個悲劇作家對他的妻子說：「親愛的，妳能不能幫我做個海綿枕頭？」

「要做什麼呢？」

「我每寫完一個劇本，就躺在這海綿枕頭上看一次，讓流下來的眼淚滴到這個枕頭上，看完後把眼淚擠出來，看眼淚的多少就知道劇本的效果好壞了。」

演員的擔心

導演對演員說：「下一組鏡頭應該是這樣，在你身後大約五十公尺處，一頭獅子朝你奔來，最後只差兩步的距離險些撲倒你。」

「我的上帝！」演員說：「您跟獅子也講清楚了嗎？」

本性難改

電影導演準備拍攝一個人與老虎在一塊嬉戲的鏡頭，可是演員卻堅持拒絕拍攝。

「別害怕，」導演對演員說：「參加拍戲的這頭老虎是在動物園裡出生的，它是叼著橡皮奶頭喝牛奶長大的。」

「那能說明什麼？」演員說：「我是在婦幼醫院裡出生的，我也是叼著橡皮奶頭喝牛奶長大的，可是我照樣愛吃肉。」

小狗和牠的媽媽

有一天，有一個人帶著一條小狗到唱片公司，他說他是這條狗的經紀人，並說他這條狗會唱歌跳舞等等。老闆不相信，就叫小狗表演一次。

當音樂響起，小狗跟著音樂載歌載舞，老闆口瞪目呆地看著小狗，一邊想著這一次可撿到搖錢樹了，於是連忙拿出合約與狗簽約，沒想到忽然一條大狗衝進來，把小狗銜走了。

老闆問：「怎麼回事？」

經紀人無奈的表示：「唉！那是牠媽媽，牠媽媽希望兒子成為一名醫生，演藝圈太複雜了！」

小鳥與烏鴉

一位音樂家與一位非常有名卻極可怕的評論家在公園裡散步。這時，有群小鳥在枝頭婉轉歌唱。

評論家指著小鳥說：「牠們才是這世上最有才能的音樂家。」

過了一會兒，幾隻烏鴉叫著飛來。

音樂家指著烏鴉說：「牠們是最優秀的評論家呀！」

簡單的樂器

兒子放學回家，對父親說：「爸爸，我們學校要成立樂隊了，我想去參加。」

「好呀。」父親笑著說。

「老師說，樂器要自己帶去的，你看我學什麼好？」

父親遞給兒子一根筷子，說：「你就學指揮吧！」

反映情況

樂團指揮在音樂會結束後收到某觀眾的一張紙條，上面寫道：

「我並不是告密者，先生，但良心告訴我不得不向您反映這一情況。在整個演出期間，我發現坐在大鼓旁邊的那個傢伙太懶了，他只有當您注視他的時候，才裝模作樣地揮幾下鼓槌。」

一隻蒼蠅

一位藝術評論家正在和朋友談論一幅畫：「請看這油畫。我們可以看到，畫家的技術還不夠熟練，他缺乏技術和感知。樹木不成形，而且歪歪斜斜的，草也沒有根，雲像貼在畫布上的紅紙片。你們瞧這兒，他為了引人注意，竟耍了一個花招，畫了一隻蒼蠅。

當然，我並不反對蒼蠅，假如畫家把它畫得更精確些，使它真正像一隻蒼蠅，而他的蒼蠅看起來像一團污泥，沒有任何蒼蠅的特徵。」

正在這個時候，畫上的蒼蠅被評論家的聲音所驚擾，展開翅膀，飛走了。

能幹的店員

當服裝店經理吃完午餐回來時，他發現店員的手包上了繃帶，沒等他開口問，店員告訴了他一個非常好的消息。

「猜猜看發生什麼事了，經理，」店員說：「我終於把那套一直壓在這裡的難看透頂的西裝賣出去了！」

「不會是那件糟糕透了的，粉紅帶藍條紋的雙排扣套裝吧？」

「就是那件。」

「太棒了！」經理叫道，「我一直以為我們無法處理掉那件怪物西裝了，那是我們進貨過的最難看的東西了。噢，對了，你的手怎麼了，怎麼纏上了繃帶？」

「沒什麼大事，」店員說：「當我把那件西裝賣給那個傢伙以後，他的導盲犬撲上來狠狠地咬了我一口。」

反問

在一場伸手不見五指的大霧中，汽車一輛緊跟一輛地行駛著。

突然，前邊的一輛車煞車停下來，後面那輛車撞到前一輛車的車尾。後面那輛車的駕車人跳下車來，大吼道：「你想找死嗎?這麼大的霧，怎麼可以在這裡急煞車?」

前一輛車的駕駛人回答：「讓我先請問您一下，您的車開到我的車庫裡來幹什麼?」

沒什麼

在高速公路上，巡邏警察發現有輛汽車每跑十公尺左右就要上下顛簸一下，於是他追上去截住了那輛車：「您的車怎麼啦?」

司機滿臉惶恐：「呃沒……沒什麼，警官。我在打嗝。」

老教師的習慣

一位交通警在指揮交通時，阻止一位駕車駛過他身後的老太太，他問：「夫人，難道妳沒有看見我的手舉起來嗎？妳不知道這表示什麼意思嗎？」

「當然知道，現在請發言吧！」她回答說：「我在小學教了四十年書了。」

自我檢討

蔡一玲駕了一輛新型的敞蓬車在公路上跑著，才五分鐘的時間，已經把一切交通法規觸犯無遺，最後還撞上了迎面而來的一個男子。

蔡一玲下車向男子抱歉地道：「真對不起，先生，這完全是我的錯，是我開錯了路線，我希望您沒有什麼損傷？」

那男子苦笑道：「不，小姐，這是我自己的錯。」

「怎麼會呢？」蔡一玲感到詫異。

男人從地下拾起兩枚撞落的牙說：「因為，我在三百公尺之外就見到妳，當時我是來得及跳到樹上去的。」

此一時彼一時

班機誤點，一個小鬍子旅客暴跳如雷，揮著護照及一疊待寄的信，朝櫃檯內的職員吼叫：「豈有此理，我在東京有個重要的商業會議。如果我趕不上，這筆帳一定要和你們航空公司算。」

十五分鐘之後，小鬍子滿面通紅地又回到櫃檯來，職員趕緊陪笑說：「先生，不會再延誤了，班機在半小時內一定起飛。」

小鬍子旅客訕訕地說：「沒關係，你們能不能讓飛機稍為晚點起飛？我剛才不小心把護照和信一起塞進郵筒裡去了，郵局說最快也要一個小時才能派人把郵筒打開。」

身不由己

在一輛載滿旅客的公共汽車後面，一個個子矮小的人在拼命奔跑著，但汽車卻仍在下坡路上高速前進。

「別跑啦，」一位乘客的頭伸出了窗子，對著那小個子喊道：「你追不上來的！」

「不行，我必須追上，」小個子氣喘吁吁：「我是司機！」

還好免費

一年輕人騎著腳踏車，穿過大街小巷，一不小心，前輪鑽入一老頭胯下。老頭還算靈活，一手緊緊抓住車把，連聲喝道：「停車，快停車……」沒想到這腳踏車的煞車失靈，帶著老頭不減速，一路橫衝直撞地停在一道牆邊。老頭心有餘悸，惴惴不安地說：「這趟路不用錢吧？」

不買車票也不違規

火車上，有個年輕人對坐在他身旁的人說：「我到台北經常不買車票，根本不會怎樣。」

那人說：「哦，真的嗎？剛好我是台灣鐵路公司的督察。」
「嗯……我、我習慣走路到台北啦！健身嘛——」

響應號召

列車員叫醒一個靠著窗口睡著了的旅客：「先生，你的票！」
「票，什麼票？我沒有票。」
「沒票？那你打算去哪裡？」
「我什麼地方也不想去。」
「那你為什麼上這列火車？」
「當我在月台等人時，看到你對著我大叫著：『請大家趕快上車！』我只好也跟大家一起上來了。」

守法司機

交通警察看到一個司機在大街上吃力地推著汽車，就走過去問：「先生，是不是發生什麼故障或者是沒油了？」

「哦，不是這樣的，只是因為剛才我發現忘記帶駕照。」

錯覺

「先生，」交通警察追上一輛超速的機車，要求他停下之後，對機車騎士說：「你太太早在後面一公里多的地方跌下去了。」

車主：「天啊！我還以為我突然變成聾子了呢！」

等待激動人心的時刻

小威利對飛機簡直入了迷，只要他聽到有飛機飛過，總要跑出去觀看，直到飛機在遠方變成一個小點點為止。

終於他也有一個機會第一次搭飛機旅行。當時，他十分激動，兩眼圓睜，大約起飛十分鐘後，他急切地問母親：「我們什麼時候會變成一個小點點，媽媽？」

是公路還是機場

有一小型飛機中途引擎失靈，飛行員在一條人車稀少的州公路降落。飛行員跳出來，向看到的唯一一輛汽車走去，希望能搭便車到最近的出口。這輛汽車緩慢地停在路旁，坐在駕駛座的女人探出頭緊張地說道：「我會馬上開走的，先生，只要你告訴我怎麼回到公路上。我會儘快把車子開離飛機場的！」

11 全民搞笑搶先報

有一天，某家失火了，爸爸媽媽都逃出來了，只剩下一個兒子還在裡面。

媽媽很緊張地在屋外大喊：「兒子啊……你在幹嘛……都失火了還不出來……」

兒子回答：「我在穿襪子。」

媽媽又說：「都失火了還穿什麼襪子？快別穿了！」

過了五分鐘，兒子還沒出來。媽媽又緊張地喊：「兒子啊，你到底在幹什麼？快出來，都失火了，還待在裡面！」

兒子說：「我在脫襪子啊！」

PK火車頭

醫生：「你的牙是該拔掉了，可是它太牢固了，看來要拔掉它必須靠火車頭的動力才行。」

過了幾天，醫生再次見到這位病人，他的牙已經掉了。

「你的牙怎麼拔的？」

「聽了您的建議，我把牙拴在了火車頭上，結果……」

「牙掉了？」

「不，兩節車廂都被我拉出了軌。」

「那你的牙是怎麼掉的？」

「讓鐵路工人給打的。」

神農氏遺言

這天，老師問大家：「誰知道神農氏有什麼功績嗎？」

班長馬上舉手說：「老師我知道，是嘗百草。」

老師很滿意地說：「嗯，不錯，果然是班長，都有在念書。」接著，小明不服氣地舉手，問道：「老師，你知道神農氏死掉之前所說的話嗎？」

老師說：「老師不知道耶！」

小明說：「老師，我來告訴你吧！那就是……靠！這根有毒……」

老師：「……」

非人也

某學校召開全體教授大會，這學校有個習慣，不喜歡稱呼「某教授」，都簡稱為「某授」，大會開始，主持人一一邀請教授上去演講，當請到某位姓秦的教授上去演講時，全場在座均捧腹大笑，請問為什麼？

因為，主持人說：「接下來，有請秦授（禽獸）！」

奶酪何處有

有一個客人去小明家做客，家裡沒有奶酪招待客人了，小明的媽媽不停地道歉，小明看到了，趕緊跑回自己的房間，拿來一個奶酪給客人，客人笑著吃了奶酪，就說：「你孩子的眼力可真好啊！這奶酪是在哪裡找到的？」

小明說：「是在老鼠夾上找到的！」

用錢解決

有個人到河邊釣魚，他先用了個樹葉做餌，半天沒魚上鉤；他又換了塊麵包做餌，一樣半天沒魚上鉤。沒辦法，他只好去換蚯蚓做餌，一樣還是老半天沒有魚上鉤。氣憤之餘，他掏出一百元，砸入水中大罵：「要吃什麼，自己去買！」

將心比心

小琴心血來潮，站在鏡子前仔細端詳，發現自己的臉竟是那樣難看，不禁放聲大哭。坐在一旁觀察已久的小賴說：「如果你偶爾照一次鏡子，就那麼傷心，那我們天天看著你，又該怎麼辦。」

怪肥皂

某日，阿文吃完飯後，覺得手上油膩膩的，於是便到廚房洗手。他看到流理台旁邊有塊白色的肥皂，就拿起來用。

可是不知為什麼，越洗手越油。定睛一看，原來拿的是一塊肥肉。

害蟲

某天，蟑螂家的老大哭著對父母說：「為什麼別人都說我是害蟲呢？」

弟弟回來了，高興地說：「別人見到我，都和我打招呼：『嗨，蟲！』」

人生是要哭還是要笑，全由你自己決定！

尋求保護

一個男人怒氣沖沖地衝進某單位，嚷道：「這裡是動物保護協會嗎？」
工作人員：「沒錯。怎麼，誰欺負你了？」

母子相認

一壁虎誤入鱷魚池，喪命之時壁虎急中生智一把抱住鱷魚大叫：「媽媽！」
鱷魚一愣，立即老淚縱橫：「孩子啊，別再上班了，都瘦成這樣了！」

劫後餘生

產房裡一小孩出生之後，哈哈大笑，樂不可支。在場的護士都大感驚訝，紛紛圍攏過來觀察，大家發現小孩拳頭緊握，掰開後發現是一顆墮胎藥。只聽小孩說：「靠，想幹掉我？沒那麼容易。」

礦泉水

一位中年人到外地出差，住進當地一家私人旅館。頭一天晚上就餐時，中年人看見菜碟的邊緣有幾塊污漬，很不放心。

他詢問旅館老闆：「這個菜碟看起來不太乾淨哦！」老闆回答：「請放心，我用礦泉水就能讓它很乾淨。」聽到如此有責任感的回答，中年人非常安心地吃起飯來。

一個星期過去了，中年人每天在旅館用餐，和旅館裡的一條大狗混熟了。離別的時候，當中年人跨出大門，那條狗依依不捨地追上來，死死纏住他不讓離開。

旅館老闆看見了，走上前拍拍狗的頭，輕輕地說：「讓客人走吧，礦泉水。」

作弊嫌疑

沙僧參加數學考試，監考老師盯著他脖子上的珠珠看了半天，冷笑道：「嘿嘿！別以為我看不出來這項鍊是算盤改裝的。休想作弊，快摘下來！」

問東答西

一對戀人去登記結婚。

「做過婚前檢查嗎？」

「檢查過了，他有房子也有車子。」

「哦！我是說去醫院做身體檢查。」

準新娘臉紅了，小聲回答：「這也檢查了，是個男孩。」

許願記

一對同年同月同日生的老夫婦共同生活了三十五年。今天，他們大擺宴席，慶賀他們的六十歲大壽。

宴席過程中，上帝來了。上帝稱讚老夫婦是真正的「恩愛夫婦」，並答應給他們每人一個願望。

老太太激動地說：「我們很貧窮，我只想好好看看這個世界，作一次環球旅行。」上帝揮了一下手，砰的一聲，一疊飛機票從空中落入老太太的手上。

該老頭兒許願了。只見他沈思了一會兒，說道：「我想娶一個比我年輕三十歲的女人。」

上帝又揮了一下手，砰——老頭兒一下子變成了九十歲。

果然夠快

國家體育協會要求短跑冠軍的男女國手共結連理，生個小孩看他能跑多快。九個月後，女國手順利產下一子，男國手問護士：「是男孩還是女孩？」

護士驚慌說：「沒看清楚，一生下來就跑得不見蹤影啦！」

真的死定了

有一人獨自在森林中冒險，突然發現自己被食人族重重包圍。於是對天空大喊：「我死定了，上帝救救我！」

只見天空出現一道光緊接著傳來一個聲音：「還不一定，你再撿起地上一顆大石頭，把帶頭的酋長砸死。」於是他撿起地上最大的一顆石頭，狠狠地砸向酋長，正好把酋長砸死。

其他族人全都看呆了，接著紛紛怒目相向進逼而來。這時，天上又傳來聲音：「現在你才真的死定了。」

同學不乖

高中的時候，學校安裝了監視器，有學生不爽，在攝影鏡頭上貼了一張周杰倫的照片。

幾天後，學校開早會時，校長憤怒的說：「不知是哪位同學，趴在監視器上不下來，好幾天了！你不餓嗎？」

豬頭在此

我一個女同事新戴了一個卡通圖案的髮夾，蠻漂亮的。三五同事圍而觀之，一人說：「這小熊樣子真可愛！」髮夾主人手指頭部（髮夾）認真地糾正並重複三遍：「這是豬頭！這是豬頭！這是豬頭！」

迷糊到家

大學的某日，室友和我走在一起，她掏出自己的手機發簡訊，發著發著，估計昨夜沒睡好，就突然大叫了一聲：「啊！我手機沒帶！」我當時還回了句：「那你趕快回去拿啊！」

反射動作

還是一次考試，國中物理考試，一題選擇題難倒了大部分同學，有一人突然大聲問監考老師，最後一題選擇題要選什麼？監考的物理老師腦子突然短路，答曰：「平時我都在課堂上講過了，怎麼上課時不仔細聽講，當然選C。」全班同學：「哦！」

為你擔心

任性刁蠻的大姐，總算要嫁人了。那個準女婿去拜見未來的岳父岳母，新娘的父親很憂心地看著未來女婿，說道：「結婚以後，你一定要……」

未來女婿馬上說：「我知道，結婚以後我一定會好好照顧她的！」

結果，新娘的父親搖搖頭說：「我的意思是說，結婚以後……你一定要……好好照顧你自己！」

衝突點

法官在審問一個在電話亭和人打架的年輕人。

「為什麼打架？」法官問。

「當時我很平靜地在電話亭內跟我的女朋友聊天。」年輕人說，「這時那個傢伙走過來了，他要打電話，我不讓他打，他就把我從電話亭內趕了出來。」

「這也怪不得你發脾氣了。」法官想了想說。

「還不只這樣呢，」年輕人補充說，「他還把我的女朋友也從電話亭裡趕了出來呢！」

誰沒有腦

某甲：「一個沒有腦的人能活多久？」

某乙：「不知道耶，你今年幾歲了？」

歷史故事

小明老是纏著爸爸講歷史故事聽。一天，小明又說：「爸爸，講歷史故事給人家聽嘛！」

爸爸：「好，從前，有一隻青蛙……」

小明：「哎呀！人家要聽歷史故事啦！」

爸爸：「好，在宋朝，有一隻青蛙……」

各說各話

從前有兩個人，分別住在河的兩岸，兩個人耳朵都不好，不過都很客氣。

一天早晨，河西的看見河東的拿著一把鐮刀出門，就對著對岸大叫：「喂！我說，你是去割草嗎？」

河東的看見河西的向他大叫，知道是關心自己去做什麼，於是大叫：「啊，不，我是去割草呀！」

河西的看見對岸的人朝他大叫，知道對方回答自己了，很有禮貌地說：「哦，是嗎？我還以為你是去割草呢！」

下落不明

一個女人對鄰居說：「我真不放心我丈夫。他扔貓去了，準備到湖中心水最深的地方把貓扔掉。」

鄰居問：「那有什麼放心不下的呢？」她回答：「貓已經回家一個鐘頭了！」

口哨價錢

一對年輕夫婦走進首飾商店，妻子問售貨員：「右邊的那個戒指要多少錢？」

「一萬元。」

丈夫驚愕地吹了一個口哨，問道：「那……在它旁邊的那個呢？」

售貨員答道：「兩個口哨的價錢，先生。」

保險知識

講經濟學的老師講到被保險人與受益人的關係問題，為了更具體一點，他舉了個例子：「比如說我買了人身保險，有一天我不幸被車撞死了，你們師母就可以獲得賠償金。她就是受益人，那麼我是什麼人？」

有位同學馬上答道：「死人！」

誤交損友

周末，一個做生意的朋友來敘舊。酒過三巡，朋友半醉半醒對我說：「老弟，你房子換了，家電換了，車子換了，下一步該換老婆了吧？」

我佯裝沒聽見，趕緊轉移話題。好歹送走了朋友，妻子給我下最後通牒：「房子可以不換，家電可以不換，車子也可以不換……什麼都可以不換，但你先把這朋友給我換了！」

抵押妻子

一天，老林和妻子在飯店吃完飯，發覺錢包忘在家裡了，便對服務生說：「我把妻子留在這裡作抵押，我回家去拿錢。」

「您能不能拿別的東西作抵押？」服務生委屈地問。

「難道，把我的妻子抵押給您還不行嗎？」

「不行。因為我家裡已經有一個了！」

搗蛋的小孩

兩個小男孩站在戶政單位門口，好奇地注視著一對剛剛登記結婚的新人。

一個說：「我們要不要嚇唬他們一下？」

另一個說：「好呀！」

接著，他們馬上跑進去對新郎喊道：「嘿，爸爸！」

腿的用法

「爸爸，我想今晚用一下您的汽車，可以嗎？」

「那你長那兩條腿是做什麼用的呢？」父親露出很生氣的神情。

「一條腿踩油門，另一條腿踩煞車。」兒子連忙回答。

符合條件

大學畢業生吉姆去應聘一個工業間諜的職位。人事主考官問了一些常識性的問題，然後遞給吉姆一個信封，說道：「把這個送到第八層的檔案室之後，您就可以回去了，一周之後我們將通知您面試結果。」

出門後，吉姆轉身溜進了廁所，看四下沒人，便拆開信封，只見裡面寫道：「你被錄用了，馬上回人事部報到！」

上帝的安排

一個男人結婚時向上帝發誓忠於自己的婚姻，可是婚後不久他就出軌了。他惴惴幾天後發現也沒什麼報應，就淡忘了。

一天，他坐船航行遇到了暴風，他突然意識到這是上帝的懲罰。於是，他趕緊跪下祈禱：「上帝啊！請看在其他無辜人的份上饒恕我。」

這時，只聽天空傳來了一個低沈的聲音：「你以為這些年我一直閒著嗎？湊齊這一船人我容易嗎？」

尚未離開

王哥出差回來，怕太太紅杏出牆，立刻向公寓管理員打聽消息。

王哥：「有沒有人來找過我太太？譬如你不認識的男人，或其他的人？」

管理員：「沒有，只有一個賣牛奶的人前天來過。」

王哥：「這樣啊，那我就放心了。」王哥吁了一口氣。

管理員：「可是，他到現在還沒有下來呢！」

就是要喝水

爸爸把兒子哄上床後，回到自己的臥室準備睡覺。

「爸爸！」兒子叫道。

「什麼事情？」

「我口渴，給我拿杯水好嗎？」

「你剛才不是喝過了嗎！快睡覺，我已經關燈啦！」

五分鐘後……

「爸爸！我口渴，你就不能給我拿杯水嗎？」

「我剛才不是說過了嗎？你再叫我揍你！」

又過了五分鐘……

「爸爸！」

「又怎麼啦？」

「你過來揍我的時候一定要帶杯水！」

就怕老爸

高中的一日，我們導師大罵一男生，罵完後剛離開，該男生衝著導師的背影嘀咕道：「你這死老太婆！」

導師聞聲立刻折返回來，大罵該男生沒有家教，嘴巴不乾不淨。該男生不予搭理，致使導師越罵越不爽，最後說出：「你要嘛在全班面前承認你不是男人，要嘛我打電話告訴你家長！」

該男生非常怕他爸爸，過了五分鐘，他掙扎了半天走上講台，大喊一句：「我是太監！」

彼此彼此

張三吝嗇，家裡有老鼠也捨不得用食物套老鼠。後來，他突發奇想，拿著畫有食物的照片放在老鼠夾子上。第二天一早，他起來一看，夾子上面放著一張老鼠的照片！

被逼出走

母雞在孵蛋，有個蛋從牠屁屁下鑽出來了。

母雞：「你幹嘛？」

雞蛋：「妳放屁好臭……」

只用兩腳

麥可家的公牛和別人家的母牛在玉米田裡發情毀壞了莊稼，法官判兩個人各賠一半。

麥可抱怨道：「為什麼我家賠一半啊？母牛用四隻腳踩，我家公牛才用兩隻腳！」

老鼠吹牛

四隻老鼠在一起聊天。

一隻老鼠說：「最近大爺我經常拿老鼠藥當零食吃！」

第二隻不甘示弱：「最近大爺我經常用老鼠夾鍛練身體！」

第三隻揚揚得意地指著一隻懷孕的貓說：「那是大爺我幹的！」

第四隻老鼠嗤之以鼻，指著一隻妖艷的狐狸說：「這年頭，不把一個小三怎麼顯示出身分！」

12 公路車禍之最離奇眞相

公路上發生了一起嚴重的事故，有輛轎車在電燈柱子上撞得稀巴爛，車上男女兩人重傷昏迷。

警察在現場調查的時候，從路邊樹叢裡跳出來一隻猴子。現場的警官看到猴子戴著頸圈，心想它可能是人養的寵物，於是問它：「你也是車上的乘客嗎？」

猴子居然點了點頭，看來是通人性的。

警官抱著試一試的心態又問它：「出事的時候，車上的人在幹什麼？」

猴子伸出兩個手指，放在嘴巴上。

「他們在抽菸？」警官猜測。

猴子點了點頭。

警官接著問：「他們還做了什麼事？」

猴子一隻手握拳，假裝拿著什麼東西往嘴裡倒。

「你是說他們在喝酒？」

猴子點點頭。

「還有什麼？」

猴子撅起嘴巴，在手背上狠狠地親了兩口。

「哦，他們在親熱？」

猴子也點點頭。

警官口中念著：「事故發生時，乘客在車上抽菸、喝酒、進行親密活動……」將情況都記在本子裡。

最後，警官問猴子：「那麼，你又在做什麼？」

猴子兩手前伸，做出一個握方向盤的姿勢。

13 北宜公路之搞笑鬼話

因為工作的關係，我常得深夜開車從北宜公路回宜蘭。偏偏北宜公路是出了名的鬧鬼的地方，特別是夜晚行經九彎十八拐，一路有人丟撒冥紙，那氣氛，活生生就是陰間地府的感覺。

那陣子，台灣從南到北都有鬧鬼的傳聞。有人說那是一個陰謀，也有人堅持真的有鬼。我本來就是個膽小的人，聽多了鬧鬼的故事，三更半夜開車在北宜公路，更是提心吊膽。我很擔心路上有什麼跑出來，或者引擎忽然停了下來。

我曾試著開大收音機音量壯膽，可是山區經常收訊不良，那些若有似無的雜音更是叫人不舒服。自從聽說鬼魂的聲音會從收音機裡面跑出來以後，我更是不敢打開收音機了……

總之，我不但沒有因為夜路走多了而變得習慣，反而愈來愈敏感，我的潛意識似乎堅信終有一天我會碰到鬼。事情發生的那個深夜，我仍然是一個人開車。我記得汽車經過了一個小村落，那個小村落雖然有幾戶人家，卻沒有人開燈。經過村落之後，我只覺得氣氛很詭異，果然沒多久，我就看見前方有個穿著白衣服的女孩子，對著我的汽車招手。

說真的，我的心臟差點從嘴巴裡跳出來。當時我的心情很複雜，我不知不覺放慢了車速。一方面我懷疑自己是否看走了眼，另一方面我也提防著萬一她撲過來或是突然做出什麼動作。那天霧氣特別重，我開著遠光燈，靠近時才發現那是一個留著長髮的女孩，風吹得她的頭髮漫天飄揚。我愈想愈覺得不對勁，正想踩足油門全速逃離時，才發現那個女孩手上還抱著一個嬰兒。

這可讓我內心掙扎不已，我心想，三更半夜的，萬一真的是個有急事需要搭便車的媽媽，那可怎麼才好？就在汽車駛過那個女人不到十公尺，我終於熬不過良心的譴責，強迫自己踩了煞車。

車燈照著前方，車後烏漆麻黑的，什麼都看不到。我只聽到了那個女人從汽車後方跑過來，然後是車門打開的聲音，一陣涼風竄了進來，之後是車門又關上了，於是我再度發動汽車，死命地往前開。

不知道為什麼，從頭到尾，那個女人沒有跟我說過一句話。我試著和她交談，她也不回答，只聽見車後那個嬰兒熟睡打呼的聲音。我全身毛骨悚然，甚至連回頭看一眼的勇氣都沒有，我只記得拼命踩油門，車愈開愈快。

等天色稍亮，汽車終於繞出山區，我才有勇氣回頭看。這一看不得了，車後座根本沒有女人，只剩下一個熟睡的嬰兒。我全身發毛，急忙把車開到警察局報案。

整個早上我都無心上班。山裡面那個女人到底是誰？是一個死去的媽媽？或者是一個懷了孕的殉情女人？她的背後是一個淒涼的愛情故事嗎？我幾乎想像了所有可能的版本。直到中午休息時間，我再也忍不住了，撥了電話到警察局去問。

沒想到，我才說明問意，警察劈頭就是一陣大罵：「你搞什麼鬼啊，人家媽媽把小孩放到你車上，回頭去拿行李，你看都不看，開了車就跑，害得那個媽媽急得到處找小孩，哭腫了眼睛。快把小孩子載過來啦！」

14 房地產廣告妙解

賣房子的人為了讓房子順利賣出，想出來的廣告詞語創意十足，總是令人拍案叫絕：

遠離鬧市喧囂，盡享靜謐人生……**偏遠地段郊區**

回歸自然，享受田園風光坐擁城市繁華……**鄉鎮緊鄰鬧區**

絕版水岸名宅，好風好水東方威尼斯，演繹浪漫風情……**旁邊有臭水溝**

視野開闊，俯瞰全城……**有一個水池地勢高**

私屬領地，冬暖夏涼巴洛克風格……**地勢低窪樓頂是圓的**

哥德式風格……**樓頂是尖的**

個性化設計，緊跟時尚潮流……**格局很怪棟距過小**

鄰里親近，和諧溫馨超大綠化，滿眼綠意……旁邊有荒廢草地
緊鄰中央商務區……旁邊有家銀行
中心政務區核心地標……旁邊有個區公所
濃厚人文學術氛圍……旁邊有所學校
擁抱健康，安享愜意……旁邊有家診所
便利生活垂手可得……旁邊有家雜貨店
人性化環境管理……旁邊有個垃圾站
交通便利，四通八達……旁邊有鐵路經過
簡約生活，閒適安逸……旁邊什麼也沒有

15 書呆子一生最經典的一句話

有位書呆子已經是研三了，從未有過愛之體會。在他大四那年，由於他一直在一個固定的教室上自習，注意到一個也一直在那個教室上自習的女孩，而且，很巧的是，那個女孩每次都坐在他前面。

他越來越喜歡她，但是，內向的他卻不敢有任何舉動，只是每晚默默注視她的背影。

大四第二學期，已經不用上自習了，為了心愛的女孩，他依然每天上自習。當他把祕密告訴室友們後，其他六個哥兒們一致決定幫他走出第一步。

於是，那天晚上，七個人一起去了教室。但是，無論室友們怎麼鼓勵他，他就是沒有勇氣走出關鍵的第一步，室友們無奈地說：「看來我們也幫不了你了，自己努力吧！」

回到宿舍，他徹夜難眠，痛定思痛，決定第二天無論如何也要向他心愛的女孩表白。

第二天晚上，他如期見到了她。經過了心潮澎湃、坐如針氈等過程，內心的兩個小人兒激烈大戰了一千八百回合，最後，浪漫的騎士勝利了。

他遞給女孩一張字條：「你好！我注意妳很長一段時間了。妳是一個溫柔漂亮的女孩，我能和妳做個朋友嗎？」

女孩看完字條，開始收拾書本，完畢，站起來轉身問他：「我要走了，你要不要和我一起走？」

接下來，他說了一句也許是他一生中說過的最經典的話：「我還有幾頁書沒看完，妳先走吧！」

16 超搞笑的新版木蘭詩

　　唧唧復唧唧，木蘭開飛機，開的什麼機？波音七四七！問女何所思，問女何所憶。女亦有所思，沒錢買飛機，昨夜見軍帖，要用轟炸機，飛機十二架，架架買不起，阿爺無大錢，木蘭無金銀，願去買鋼鐵，從此造飛機。

　　東市買圖紙，西市買螺絲，南市買玻璃，北市買鐵皮。旦辭爺娘去，暮宿舊機庫，不聞爺娘喚女聲，但聞鐵皮摩擦刺啦啦，旦辭機庫去，暮至軍營旁，不聞爺娘喚女聲，但聞將軍大呼哈哈哈。

　　萬里開飛機，關山一下沒，熱氣傳機翼，日光照玻璃，將軍被嚇死，壯士魂已飛。飛來撞天子，天子躺病床。策勳十二轉，賞賜倆耳光。可汗問所欲，木蘭不願進牢房，願開七四七，飛著回故鄉。

爹娘聞女來，端起機關槍；阿姐聞妹來，當戶舉手槍；小弟聞姐來，磨刀霍霍向智障。

開我機艙門，進我飛機藏，脫我戰時袍，換上飛行裝，多裝手榴彈，對外架機槍。出門埋炸彈，親友皆驚忙：離別十二年，不知木蘭變倡狂。

瘋子腳蹬地眼緊閉，兩人並排走，誰能說我不正常？

17 世界名片被禁之真相大調查

第一部：《名偵探柯南》——七尺男慘遭毒手變侏儒，癡情女真情不變仍同居。

第二部：《蠟筆小新》——無恥幼童整日胡言亂語，終日猥褻年長女性為樂。

第三部：《聖鬥士星矢》——銷魂！白衣女子玩弄五男子一生！

第四部：《多啦A夢》——自強不息！無指少年科技創新搞發明。

第五部：《神隱少女》——親生父母竟成禽獸，未成年少女被迫賣身洗浴中心。

第六部：《原子小金剛》——身殘志堅，靠植入鋼板的手臂飛出一片天。

第七部：《亂馬 1／2》——反覆變性為哪般？花季少男的心酸情史。

第八部：《白雪公主》——驚！惡母殺女未遂。奇！屍變成愛侶。

第九部：《鹹蛋超人》——震驚！拆除大隊頻繁光顧東京！

第十部：《犬夜叉》——劍指青天啊，未成年清純女中學生上演人狗情未了。

第十一部：《大力水手》——男人誤食劣質罐頭，吃了以後暴力無比。

第十二部：《忍者龜》——四個禽獸為了保護一個女人，和邪惡勢力鬥爭到底。

18 當代最強化學實驗報告

有人在網路上公開了自己的私房化學實驗報告，基本上，此人若真的做了這些實驗，應該已不在世上了：

H_2SO_4／硫酸

稀硫酸：淡淡的酸味，回味感覺油膩，微熱，甜，無任何不適感。較濃的（百分之四十左右的）：超燙，感覺喝燙稀飯了，然後微甜感和痛感並存，持續兩天才退

註：百分之九十八的純正濃硫酸不敢喝。

HNO_3／硝酸／硝鏹水

稀：先是苦，然後整條舌頭麻了，然後痛，起了白斑，持續疼痛，三到四天後消退，同時嘴裡感覺大吸了一口汽車廢氣。

濃：不敢喝。

NaOH／氫氧化鈉

稀：基本上蠻像同濃度的Na2CO3（我嘗過，鹹的），多一些辣感（對蛋白質腐蝕性強的都會有辣感）。

濃：含在嘴裡十分的辣（可能是已經反應起來了），然後舌頭燒壞，呈黃色，肉腐爛，一個月不能說話，口裡有赤痛感而且舌頭麻木，有辛辣感。半年後出院，說話變得不準，味覺幾乎消失，嘴部留下疤痕（這東西對蛋白質的反應不是鬧著玩的……）。

$CuSO_4$／硫酸銅

一開始沒味道，吐出後回味淡淡的苦澀。

$BaCl_2$／氯化鋇

極苦鹹，大約相當於$MgCl_2$的加強版。

NaO_2／過氧化鈉

普通鹹。

無水酒精／C_2H_5OH

嘴裡完全沒味道，之後花露水的味道在鼻子裡揮之不去。

$FeCl_3$／氯化鐵

涼，然後酸，與硬幣放嘴裡的感覺差不多。

$AgNO_3$／硝酸銀

沒味道。

Br_2 水溶液／溴水／氫溴酸、次溴酸

極其濃重的味道，感覺像汽車廢氣與松節油混合的味道。

$Hg(NO_3)_2$／硝酸汞

很淡的味道，有點像味精和醋混合了。

CCl_4／四氯化碳

這個最恐怖了，整個嘴裡似是燒塑膠的味道，極濃郁，吐掉以後出現說不出的怪異甜味，直感覺全身鬆軟。

H_2O_2／過氧化氫／雙氧水

超辣，趕緊吐了，之後就沒什麼事情了。

氰化物

苦。（真的死不了人?懷疑！）

19 行銷名詞爆笑解釋

案例：你在酒吧遇到一個美女……

如果你走過去直接對她說：「我在床上很厲害的哦！」，這叫「直銷」！

如果你的朋友走過去，指著你對她說：「他在床上很厲害的哦！」這叫「廣告」！

如果你要了她的電話，隔天打電話和她說：「跟你提一下，我在床上很厲害的哦！」這叫「電話行銷」！

如果你僅僅是文質彬彬地走過去、禮貌地作自我介紹，再幫她倒飲料，暢談心事，並且送她離開再幫她打開車門，等她上車後再和她說：「跟你提一下，我在床上很厲害的哦！」這叫「公關」！

如果你給服務生一些小費，請他去和那女孩說：「那個坐吧台的男的在床上很厲害的哦！」這叫「媒體購買」！

如果是你自己走過去和她說：「我不但在床上很厲害，而且還會給你『特殊服務』哦！」這叫「產品促銷」！

如果那女孩主動過來跟你說：「我聽說你在床上很厲害哦！」這叫「品牌魅力」！

如果有另一個女孩走過去和那個美女說：「他在床上很厲害的哦！」這叫「口碑行銷」！

如果有一個女孩一直纏著你不放，人家問她為什麼，她說：「因為他在床上很厲害！」這叫「品牌忠誠度」！

20 令人崩潰的十二星座另類解析

白羊座：一生衝動的笨蛋

你是一個到老都很白目的人，永遠活在自己的超小世界當中，用井底之蛙形容你，還真污辱了井底之蛙。衝動，幼稚，無知還不讀書，更慘的是看了一堆書還是抓不到重點，只知道以自己偏頗的狹隘視野看待世界及別人，殊不知別人才看不起你呢！真是個自以為是的白癡！

此生中你最大的優點就是剛愎自用。因為無法與別人合得來，所以永遠在轉換跑道，還一副我為人人、人皆負我的超機車狀。懷才不遇是活該，懂嗎？其實老天爺對你不錯，起碼還給了你一點才華，要不然你怎麼死在路邊的都不知道！

凡事用點腦筋吧！別老是先作反應再來悔不當初，都已經給你那麼多次的慘痛經驗了！還學不到教訓，也真服了你了！請你把用來鍛練身體的時間，撥一點空來訓練頭腦吧！不是叫你猛K書，長智慧這種事不一定是書上學來的，睜開你的眼睛看看別人為什麼成功，而你卻還在這聽我的教訓，一邊聽還一邊恨得牙癢癢的，別人能一笑置之的事，你通常連這等幽默感都沒有，還說什麼滿山滿谷的理想抱負呢！也不怕笑掉別人大牙！

你愛白雪公主，我知道！你愛白馬王子，我清楚！但是，你配嗎？別人長得美，長得帥，自有王宮貴族疼惜，關你屁事，你在那邊搶什麼搶啊？搶也就算了，搶不到還一哭二鬧三上吊，有種就別搶，要搶就用點腦筋，要不然只是讓被你搶的人感到丟臉罷了。還有，不是每個人都喜歡那種看對眼就要上的感覺，別老是把自己的快樂建立在別人的痛苦上，OK？

金牛座：冥頑不靈的石頭

固執到死是你的優勢，如果沒有用固執來保護自己，你肯定活不過廿四小時！自以為高EQ可以解決一切，就凡事不看、不聽、不用心感受，只利用自己膚淺的經驗去作判斷，結果就是讓愛你的人傷心，傷透了，你還依然故我，一副「是我害的嗎」的豬頭樣！

你的工作當然順利囉！因為你陰險的一面是不會輕易顯現出來的，尤其不會讓你的上司知道，但是你同事就鑾倒楣的，因為怎麼被你一腳踹下去的都不知道。你更狠的是，被你出賣的人還搞不清楚自己是怎麼死的，你卻已經叫他過來摸摸頭，證明不是自己幹的。真的很想捶你，因為這等用謙遜柔弱的外表騙人的卑劣伎倆，到老還不知改過，真的是很惡劣！看來金牛座的堅毅，還真用對地方咧！

如果有人想要改變你，或試圖跟你溝通，我想他一定是瘋了！因為他正在做一項不可能的任務，最慘的是，他並不知自己做不到，還一直浪費時間跟你瞎耗，到頭來青春也沒了，人也被你逼瘋了，金牛還一臉無辜地說：「沒關係，久了他就習慣了！時間能證明我是對的！」廢話，誰不知道你真的是「一路走來，始終如一」啊！那又如何？如果只用在頑固不化這項自以為是的優點上，難道還要頒獎給你嗎？

你很膚淺，連跟你聊天都很痛苦，因為聊了半天都在無聊的事上打轉，連八卦都談不上。除了金錢以外，真不知你還有什麼料。你常大聲說自己專情，哈哈，別開玩笑了，除非你的伴侶親口說他不在乎你在外面跟人家摸來摸去還很爽的死德性，要不，你是沒有資格說自己一生只愛一個人的，小氣應該不用再強調了吧！大家都知道金牛到底有多小氣！

雙子座：多說多錯的笨蛋

如果告訴你，有一個人「聰明顯於外」，請問，你還覺得他聰明嗎？聰明如你，一定馬上說「不」，還大笑三聲，對不對？但是，還笑，那個「聰明顯於外」的人就是你！只是你一直以為別人不知道罷了。

你只做對自己有利的事，所以在年輕的時候很容易成功，因為你會把甲、乙、丙說的話加起來，拿去跟對你最有利的人說，最後，大家都以為你聰明絕頂，幫你鼓掌加薪，以為你到半夜三點還在K書，才如此博學多聞，其實，只有你自己心裡明白，你只是道聽途說，卻有美化雜音的天分，拿別人的智慧，長自己的威風。但可悲的是，這種招數，真的只有小孩才會被你騙三次，說穿了，你就是不用功，博而不精，樣樣淺學，老了才來後悔，哈，來不及了！

你有個最大的優點，就是無情，雖然大家都被你騙得團團轉，以為你很熱情，才怪！你這種拒別人於千里之外的好習慣，信不信，終有一天踢到鐵板。其實每人都有冷漠的權利，但有種就做到表裡如一，不要跟人家玩一玩，覺得別人不好玩了，或沒有利用價值了，就一溜煙地跑掉了！沒品就算了，當別人帶著大隊人馬來要挾你時，你又馬上下跪求饒，真沒種！這種見風轉舵，下一秒鐘就推翻自己的超能力，大概也只有你才做得出來，旁人看了都累，你，不累嗎？

你是個超沒安全感的人，總是神經兮兮，其實就是因為自己壞事做多了，怕被抓包的心態作祟，所謂「夜路走多了，總會遇到鬼」，看看你，全世界的鬼都被你遇光了，還不知自我檢討，少做點壞事，不就得了！

巨蟹座：永遠活在殼裡的膽小鬼

每天躲在殼裡很爽嗎？不見天日的日子，大概只有你受得了，每天自怨自艾，老是覺得別人在害你，這種愛做夢的習性，根本就是一個超級自虐狂！因為你根本沒那麼重要，值得別人加害於你。但是這種隨時附和別人的習性，只為求得別人多一點關懷，多一點憐憫，說穿了就是沒自信，永遠需要靠別人的一點點認同度日，真是可悲到了極點！

世界上沒有一個人讀同一本《聖經》，所以請不要用你心中的那把尺去衡量別人，沒有人天生應該去接受另一個人的價值觀，也不應該被別人改變，所以請不要在你無法改變別人時，就覺得都是別人狠心要傷害你，因為世界不是你一個人的，如果你覺得別人不照你設定的路走，並不代表他心中就沒有你或不尊重你，如果還老是覺得受傷，告訴你，那是自找的！無聊加三級的後果！理性一點好嗎？情感過剩叫無知，如果世上每個人都跟你一樣只聽情緒的話，那麼這個世界肯定不會進步，還會到處充滿戰爭，走倒退路，不承認對吧？麻煩你去問一下賓拉登跟小布希是啥星座的，再來反對我不遲！星座學上常說巨蟹座的人最有母愛，但是，母親的偉大，與你何干？我看母親的昏庸與縱容，跟你的性格比較像吧！在感情的路上，你超昏庸！還沒搞懂對手幾分真，自己幾兩重，就陷下去無法自拔。吃東西時，你又超縱容，縱容自己吃得跟豬一樣，也不覺得可恥！

記恨是你的長處，再小的芝麻小事，你也可以記它個二十輩子，不管別人是不是已經跟你道過歉了，還是早就跟你解釋清楚了，還是根本是一個小小的無心之過，你皆不放過一丁點記恨的機會，你儘管記吧！儘管恨吧！反正你恨到死在路邊也沒人會理你，你這個自卑又自憐的傢伙。記住，可憐之人必有可恨之處！

獅子座：把掌聲當氧氣的渾球

世界上最差的領導人就是你，因為你是一個只在乎自己爽不爽的混蛋，怎麼可能成為一個統率三軍的領袖呢？別做夢了！再等三輩子吧！是誰說你可以成為一個明星的？這麼不可信的謊言你也信？真是好騙加三級，昏庸加三級！誰都看得出來你只是愛作秀罷了，而且是不管別人愛不愛看，想不想看，現在有沒有空或心情看，你都照秀不誤，除了說你自私自大且無自知之明外，還有更貼切的形容詞嗎？

我知道面子對你很重要，但你有沒有想過，為了顧好面子，你往往將別人的顏面狠狠地踩在腳下，深深傷害了那些真正對你好的人，真的是很渾球耶！你是一個聽不懂話的人，什麼意思？因為你一向只關心自己要講什麼，而從不去聽懂別人到底要說什麼，想要表達的是什麼。說明白一點，你還真是萬獸之王，只有獸性，沒人性。

昏庸是你終其一生的優勢，由於永遠拒絕看清事情的真相，所以很容易被騙，被有心人操縱，但你還是樂在其中，因為你就喜歡那種要人命的甜言蜜語，聽了不用錢，還能讓你飄飄欲仙，這就是為什麼到老你都還死樂觀的原因，因為你一直都以為自己是最優秀的，哈哈，真替你感到可悲！

你永遠在談戀愛，為什麼？因為你永遠會被甩而且永遠無法得知你的伴侶離開你的真正原因，然後就一直換對象，所以你永遠在談戀愛，還自以為自己很有魅力咧！抗議了對吧！明明就是你甩別人的，不是嗎？相信我，當你的愛人不要你時，為了盡速脫離苦海，他們會想盡一切辦法騙你這個大笨蛋，包括做一些很惹你厭的行為，讓你誤以為是自己先受不了他（她），非甩掉他（她）不可，但你又錯了，其實你早就被設計了。所以別自抬身價了，事情不是你想像中那樣的！聽懂了沒？記住，想要控制別人者，恆被控之！

處女座：目光如豆的可憐蟲

批評成癖，對任何人都沒好處，ＯＫ？世界上只有精神病患有資格一直碎碎念，ＯＫ？其實，處女座還真值得人同情，因為沒有安全感，只好用碎碎念來發泄，當然，也有不講話的處女，千萬不要以為這是他的本性，這只代表了，第一，他跟你不熟，還沒能完全信任你；第二，他正在拿悶騷保護自己。討人厭的是，騷就騷啦，還裝個超完美的死樣子。

我知道你骨子裡很希望別人把你當成一個正人君子看待，但是，你明明就不是啊，充其量只是假道學罷了！你真的以為你什麼都懂嗎？什麼事都應該剁得碎碎的來檢驗嗎？永遠覺得別人有問題，值得拿來好好分析就很高明嗎？告訴你，目光如豆真的是你的敗筆，因為沒有人像你一樣永遠只在乎細節，且一輩子看不見方向。

你永遠得不到你想要的愛情，因為縱使你口口聲聲說自己愛得有多深，但你心中真正愛的那個人，一定會被你嚇跑，不嚇跑也被念跑！你到死也學不會，愛的真諦叫包容，不叫挑剔。跟一個人和平共處一輩子，雖然是你的夢想，但它真的只會是你的夢想，你永遠也不可能跟別人和平共處一個月，更何況是一輩子！因為你眼中只能看得見別人的缺點，任何人在你面前都是笨蛋，沒有人事情做得比你好，那你就自己做啊，做死你好了，你這個死勞碌命！講話超難聽，雖然你沒惡意，甚至是好意，但每件事經由你的金口一開，莫名其妙就樹立了一堆敵人，真有一套，真令人稱奇！世人皆無如你一般轟走別人的超能力！

天秤座：永遠失衡的秤子

凡事講求平衡叫做沒重點。總想要對所有人公平，結果就是讓所有人都覺得不公平！什麼都想要的結果就是什麼都要不到！你有一種超變態的討好人的壞習慣，永遠在試圖演出別人心中的大好人，結果只成為一個超級大爛人，口口聲聲說不在乎別人的看法，但表現出來的卻是超在意所有人對你的一點點小意見，超級無聊到底。

你幾乎無法獨處，原因有幾項：第一，你很懶，如果沒人幫你倒水，你肯定會渴死；沒有別人照顧，你家就是一個垃圾場！第二，你很怕寂寞，從不懂一個人該如何自處！還有，你總有一種無聊至極的正義感，好像在伸張正義、鋤強扶弱，卻常常導致一些沒必要的爭執，影響了不少原本沒意思要爭吵的人，也跟你加入了一場充滿硝煙的戰火中，結果原本可以和平落幕的事件，卻因為你跳出來發言，導致沒抓狂的人抓狂，已抓狂的人發瘋！可悲的是，所有人還推舉你為英雄，以為你在幫他們爭取福利，其實，你只是沒膽跟惡勢力對抗，就找一堆人來墊背！

害了別人，還不以為意，居然光明正大地當起工會領袖來了，真是可惡到家了！

你到處亂放電的下流習性，真可謂世界第一！還有，你那種可以在A情人面前講B情人如何如何卻神態自若的德性，看了真讓人想扁你！你真的以為別人都不知道你在搞啥東東嗎？不過是想要證明自己有多厲害，可以搞定別人搞不定的狀況罷了！但是，這叫厲害嗎？這叫「不知廉恥」！清楚了嗎？還裝無辜，都是別人愛上你的，所以都不是你的錯！沒肩膀的爛傢伙！

天蠍座：天生疑心病的冷血動物

在你眼中，別人都是低等動物，但你可能不知，在別人眼中，你連動物都不如！一天到晚懷疑別人，這樣很過癮嗎？告訴你，你沒那麼偉大，沒人有空一天到晚編故事，只是為了欺騙你！所以，拜託你收起你的自動掃毒系統，因為你才是那個最毒且最該被懷疑的人！

計較是你的優點，自私是你的終身職，小氣更是你的特色，像你這種沒血沒眼淚的混蛋，真的應該被發配邊疆，等到哪天連水都沒得喝的時候，你可能才會知道惜緣惜福，而不是一再地批評、批評再批評！有人說你很有大將之風是吧！是啊！是啊！但是你身邊也只是一堆狗奴才，因為除了唯唯諾諾能保住一條小命之外，根本就不可能有任何一個將才受得了你的臭脾氣，而會繼續待在你這個不知尊重別人的渾球身邊！利用別人也是你的才華，凡是在你身邊的每個人，一定皆有其利用價值，不管是買便當的、當司機的、掃地的，還是當幕僚的、幫你出餿主意的、幫你付錢或賺錢的，甚至是無怨無悔被你罵的，每一個人都一定有個什麼作用，但可悲的是，當這些人的利用價值不見的時候，也就是他們被你一腳踢開的時候！世上像你這種死沒天良的惡毒分子還真不多見，但是，不能再說你惡毒了，因為你甚至會覺得這是一種讚美，可能還會狂笑三聲，真是個沒心沒肺的死變態！

你的愛情觀很低級，沒事就會找一個對眼的目標，問他要不要跟你上床。如果人家不答應，你就頭也不回地走了，好像人與人之間只有性，別無其他！像這種只有低等動物才做得出來的事你也做，真是丟死全人類的臉！

射手座：沒骨氣的落跑大王

少一根筋有啥好驕傲的，少蠢了好不好！一個太直接的人叫做笨好嗎？不是凡事一針見血就有效！你沒聽過欲速則不達嗎？這些致命的缺點，通常射手身邊的人都很清楚，只有射手自己不清楚！因為少一根筋的關係，導致做事瞻前不顧後，說話總是有口無心，傷害了不少至親摯友，但自己仍渾然不知。

你最厲害的一招是，當你把一件好好的事情搞砸的時候，自己卻當起第一個落跑的人，真的是旋風小飛俠，來無影去無蹤，不知你身在何方，天良何在！超級自戀狂，從不知鏡子對你的作用是什麼，反正照了也沒用，因為你是一個永遠看不見自己缺點，厚臉皮到死的人！

當射手眼中有一個目標的時候，世界就只剩下那一個目標，導致你完全感覺不到周遭到底發生了什麼事，天塌下來也與你無關！沒看過記憶力太差，還把它當做自己的優點，拿來驕傲地掛在嘴邊一直講的傻蛋，殊不知世上十個忘了關瓦斯的人九個是射手座的笨蛋；十個把小孩帶出門，忘了帶尿片跟奶瓶的人九個是射手座的蠢蛋；但是，十個到機場九個忘了帶護照的，就絕對不會是射手，因為出去玩這檔事，射手可從來沒馬虎過！

你的愛情觀就別提了吧！因為你從來都只有三秒鐘的專情能力，一看到新貨就像餓虎撲羊一樣地撲過去，絲毫不知羞恥，然後連對老情人說拜拜都沒有，又是一溜煙地消失，不負責任到家了！還有，花也就算了，卻連說謊的本事也沒有，老是被抓包，什麼唇印、票根、給情人的情書啦，通通都留在身上，真是個凡走過必留下痕跡的大白癡！

魔羯座：無趣到死的木頭人

當一個魔羯座的人真的蠻可憐的，不只身邊的人會因為覺得你太無趣而離開你，連你自己都受不了再繼續過這種了無新意的生活，卻無能為力改變這種現狀，真是可悲到家！

因為魔羯座無趣，所以只好墨守成規，畫地自限，但可憐的是，偏偏魔羯又是世上野心最大的人，所以常常有一種為什麼別人沒有視我為最重要人物的不平之鳴，因為自己沒種，只敢想卻又不敢表達出來，所以長期壓抑下來的結果，不是得了憂鬱症，就是變成變態狂！別傻了！沒人會同情你的，因為你這種死悲觀，到老也改不了，所以誰也懶得理你！

永遠活在過去的成就跟陰影當中，以苦為樂，常看到一個魔羯不是在說「想當初我過得多苦，哪有像你現在過得那麼好命」，就是在說「想當初，我經過了多少努力，如何才功成名就」那種把自身的痛苦誇大並保存的能力無人能敵，而且越老越嚴重！

悶也就算了，還老是愛教訓人，教訓人也就算了，還毫無創意，永遠說著同樣的訓詞，三百條原則壓死自己還不夠，還要壓死那些你身邊的親朋好友，拜託，人生苦短，你要自己活在痛苦中真的隨便你，但請不要用你自己訂出來的教條，去要求無辜的人，ＯＫ？

一個太無趣的人，怎麼可能有愛情？所以，等下輩子吧！看看到老，有沒有辦法被你等到那種心地善良得要死的好人，願意跟你在一起，而且是只為了你的財產！當然，你還是得感激他（她），因為畢竟為了錢得忍受一生無聊也是不容易的事！

水瓶座：聽不懂人話的外星人

基本上，水瓶座活在別的星球，你不是地球人，不說地球話！當然也聽不懂別人在說什麼，因為全都跟你無關！千萬別稱水瓶為怪胎，他會揚揚得意，不能自己，因為他才懶得跟這一群凡人一樣，他寧願當個異類，也不願意被當個正常人一般看待，所以，當你發現一個怪胎，千萬別懷疑，他一定是水瓶座！

總自以為是天才，卻做出蠢才的行為，水瓶的一生志向永遠在改變而且令人不恥，不是立志當個情婦、小白臉，就是賺到一大筆錢然後拿去月球走一遭，或是去住難民區，餓死了也沒關係，這一切只為了跟別人不一樣。像你這種以自我為中心的混蛋，一副無父無母、沒大沒小，沒分寸慣了的死小孩樣，鐵定某天怎麼死在路邊的都沒人知道！

你從不關心別人對你的想法，永遠只做自己想做的事，所以你的親人很倒楣，常遭池魚之殃，因為當你一再不斷闖禍，又不肯承認自己有錯的時候，擦屁股的永遠是你可憐的家人，而你卻還置身事外，一副事不關己的死嘴臉！

博愛是拿來對全人類的，不是拿來對待你的愛情的，ＯＫ？你的情人就算哭死也改變不了你花心的事實，但可恨的是，花就花了，還美其名曰為博愛，聽了就覺得欠揍！甚至還覺得別人哭死活該，「誰叫他自己愛嘛，又不是我逼他的！」像這種沒天良的話也只有水瓶說得出來！甚至還會覺得自己很偉大，賜給情人一個成長的機會，事過境遷，就忘了自己給別人的傷害，還敢繼續聯絡，自認為別人還是他一輩子的朋友！真是個標準的大混蛋！

雙魚座：沒長腦的稀有動物

超級幻想主義加現實主義的綜合體，如果說你是浪漫主義，還真污辱了「浪漫」兩個字！因為你的浪漫只用在你自己的腦袋跟你淚汪汪的眼眶裡，從來就沒有實現過，因為你根本沒有能力。所以你只有幻想，沒資格說浪漫！但奇怪的是，你又超現實，跟別人算錢的時候你可一點都不含糊，那種算計的嘴臉，也叫人看了終生難忘！

世上如果有一種獎叫做「毫無道德獎」，你一定是首獎的領受者，因為你一直都沒有受過美德教育，所以在你身上，除了人性的陰暗面，其他都看不見，什麼藥物啦、酗酒啦、姦情啦，凡是跟醜聞有關的事，大都跟你脫不了關係，真是令人崇拜！

情緒主導了你的一生，真是令人感到可悲，因為你怎麼也學不會用一丁點的理智來幫助你淒慘的人生，到老死的時候，還會認為你們家壞掉的洗衣機，只是為了跟你作對，才故意不讓你洗衣服！瘋到這種程度，連三歲小孩都會因為你的無知，替你感到難過！

因為情緒加無知，導致你的生活完全操控在別人手裡，別人永遠不知哪句話已經得罪你的哪根神經，不過也沒關係，因為你這個無聊分子，在剛發完誓說自己永遠不理某某某的同時沒多久，又馬上原諒了那個剛剛被你詛咒的人，天哪！這種人格分裂，只有你自己受得了！

你是個花癡，濫情加三級！永遠用一種曖昧的態度，對待周遭所有的人，只要是人你都不放過，有時連路人你都可以放電，毫無原則地處理感情這檔事，等闖禍了就哭，以為淚水攻勢可以解決一切，等到情人受不了要離開你了，你還想要找道士，用一些奇怪的招式挽回愛情，真變態！自以為在拍電影，永遠活在霧中，不知悔改的死傢伙！

21 網拍達人之勁爆神回覆

粉色純棉短袖T恤

詳情：該T恤品質太差了吧，剛穿上身十分鐘就爛了。

解釋：這是撕的吧，妳和老公打架了？告訴他撕女人衣服不好啊！

實體店推薦超級舒適內衣

詳情：根本不適合貼身穿著，皮膚會有刺癢的感覺，怎麼處理？

解釋：癢就撓唄。

細絲絨修身長褲熱賣精品

詳情：褲子上有一塊類似於鼻涕的東西，噁心死我了，快過年了就不跟你們換了，你們的效率太差了。

解釋：這應該不是鼻涕，而是做工時用的膠，再說即使是鼻涕也沒什麼，正常情況下，人的鼻腔黏膜時時都在分泌黏液，正常人每天分泌鼻涕約數百毫升。如果感冒時分泌得就更多了，每人每天每時每刻都在流鼻涕，它無時無刻不在陪伴著我們。如果你能理解請幫我把負評改過來，謝謝。

夏季商務超薄全棉襪子

詳情：襪子上有一個很大很大的洞。

解釋：每隻襪子都會有這個大洞啊，沒有洞你怎麼能穿進去？

魔法瘦身內衣套裝

詳情：大小只夠我穿在手臂上！太假了！還燃燒脂肪告別大象腿呢，騙人！

解釋：噢，天哪！原來真大象來了。

多功能單肩情侶包

詳情：太讓我失望了，出了問題也不找找原因，我在這網站買的東西太多了，這次算我運氣不好吧，唉，我可是這網站的ＶＩＰ顧客。

解釋：這麼便宜的東西給負評，請你把「ＶＩ」這兩個字母去掉。

有趣發聲玩具熊

詳情：也不發聲啊，但是也不好看，寶寶一點都不喜歡，熊的屁股後面有個黑色的塊塊像黏上去的一樣，好像是人家玩過的。

解釋：那個黑色摳開啊，塞進去一顆五號電池，它就發聲了。

寵物玩具硬質實心骨頭

詳情：我家小狗不咬，不知道為什麼。

解釋：狗和人一樣有自己的喜好，狗不喜歡就不咬它了，你不喜歡就來咬我。

換季促銷超可愛手套

詳情：事到如今，我實在不知道說什麼好……我真的是非常生氣。但是……唉，算了，不過我以後不會再來找你了。儘管這次的事件是因我而起，最終也解決了，但還是不知怎麼說好。這中間給我添的麻煩真是不少。而且有點生氣的是你總是不積極聯繫我，總是等我問了才告訴我。希望以後對別人不要這樣，算了，我們無緣。

解釋：你把話說明白些，不就是一雙手套嗎，說得像分手似的，誰和你有緣啊？

休閒男款春裝長袖五顆星熱賣

詳情：衣服和圖片上相差不遠，很大，袖子相當長。我是比較矮小的人，這樣子，基本上不能穿了，回家又被老婆罵了一頓，實在是很氣憤，我也經常在網路上買衣服的，第一次給店家負評，因為第一次遇到這樣的情況，實在情非得已啊！

解釋：難道我穿越到宋朝了？武大郎哥哥你好，我非常同情你。

除痣靈點痣藥水一點即沒

詳情：老闆的服務是不錯，可是退再多的錢，也換不回來我的損失，到現在鼻子上還留個坑！

解釋：退錢了還給負評，這個坑留對了，因為你真是坑人。

時尚視覺大尺碼女裝

詳情：收到貨就付錢，我這人一向如此，但東西真是不敢恭維，拿到手後想用清水泡一泡，一放進水裡，水就變黑了；沖洗了一會兒後，水面上居然浮出一層黑色的絮狀物來。

解釋：然後接下來水裡又鑽出來兩個吸血鬼向您尖叫是吧，我看你是鬼片看多了。

印花達人休閒式外衣綠色

詳情：先不說花多少錢這件事，但這衣服要說有多難看就有多難看，不光我一個人說難看，別人看我穿著也說難看！

解釋：人挑衣服，衣服也挑人，如果您的氣質稍差麻煩以後選平民款式，謝謝。

有機竹纖維抗菌內褲包裝禮盒

詳情：怎麼是個盒子？內褲呢？

解釋：這個就是盒子啊，包裝用的。誰說裡面要有內褲了，難道你買盒子就一定要裡面有內褲？那你買內褲我還要給裡面放個小GG？

限量款玫瑰花縮口單肩包白菜價

詳情：味道太重了，以前也買過包包有味道，但是風吹吹就沒有了，這個的味道怎麼也吹不掉，問賣家就答覆讓我再吹吹風，再問就讓再吹吹，多吹幾次，汗！

解釋：吹的時間不夠。再吹吹看。

立膚白深層補水睡眠面膜附贈抽獎券

詳情：抽獎券怎麼刮過了啊，刮過了就說明東西是二手貨啊，有獎你就自己要了，沒獎就給我，是吧，那你還把刮過卡片放裡，這是什麼智商，連騙人都不會！

解釋：這，這個應該是我兒子幹的，等他放學回來我揍他一頓！

純羊毛衫可機洗

詳情：這是什麼羊毛啊，黃一塊，黑一塊的，大家請慎重！

解釋：這是雜交的吧，電視上看草原的羊是有這樣子的。

休閒米奇印花運動褲

詳情：天哪，褲子今天剛穿半小時不到，從褲襠一直破到大腿最下面，怎麼會有品質這麼差的褲子，想找賣家都沒在線上只好給負評！憤怒，從來沒給過賣家負評。

解釋：哈哈，走光了吧，沒想到本產品還開發出新聞娛樂功能了。

多色超好超值的拉毛圍巾

詳情：這家賣的全是假貨，騙人的！

解釋：這是我前妻的報復，大家不用理她，一個瘋女人。

老湯五香牛肉乾廠家直銷

詳情：慢的是快遞，爛的是品質，沒的是服務，傷的是人心。

解釋：哎呀可惜，一點都不押韻。

22 這種面試超搞笑

佳誠服飾：為什麼來應聘佳誠服飾批發網「網路客服」這份工作？

應聘者：以前我是一隻迷途的騾子，現在可算找到團隊了。

佳誠服飾：你是怎麼知道我們招聘這個職務的呢？

應聘者：一個合格的員工除了要有騾子般的身體以外，還必須有獵狗一樣的嗅覺。

佳誠服飾：我們為什麼要聘用你呢？

應聘者：我吃得少，做得多。

佳誠服飾：你認為自己最大的優點是什麼？
應聘者：像騾子一樣吃苦，像工蜂一樣耐勞，像獵狗一樣忠誠。
佳誠服飾：你認為你自己最大的弱點是什麼？
應聘者：除了工作就是個白癡。
佳誠服飾：最能形容你自己的一句話是什麼？
應聘者：千萬不要把我當人！
佳誠服飾：你最喜歡的大學課程是什麼？
應聘者：《畜牧學》和《馬屁學》。《畜牧學》讓我體會到什麼是生產力，《馬屁學》讓我理解到什麼是生產關係，受益匪淺。
佳誠服飾：你能為本公司帶來什麼呢？
應聘者：表率作用，讓所有員工都覺得自己是世界上最幸福的人——全世界都羨慕我。

佳誠服飾：你對薪資有什麼期望呢？

應聘者：我屬乳牛型，吃的是草，擠出來的是牛乳。

佳誠服飾：除了薪資，還有什麼福利最吸引你？

應聘者：加班！誰跟我提到錢我就跟誰沒完沒了！

佳誠服飾：你對加班有什麼看法？

應聘者：加班可以延年益壽，加班有利於健康，我不加班就上吐下瀉頭昏腦漲外加抽筋，加班可以減肥（美容），加班可以緩解交通壓力，加班有利於計劃生育（有利於世界和平）。

佳誠服飾：你怎樣贏得顧客？

應聘者：嘴巴能把稻草說成金條；臉皮像城牆一樣厚；心像鍋底一樣黑；手像

芥末一樣辣。

佳誠服飾：你如何看待忠誠？

應聘者：我是老闆的一條狗，守在公司大門口，他讓我咬誰就咬誰，讓我咬幾口就咬幾口。

佳誠服飾：你對本公司有什麼認識？

應聘者：基本上盡善盡美，只是管理上有個小小的紕漏：我曾經冒充貴公司推銷員，A了十幾萬元，居然沒有人發現。

佳誠服飾：你的座右銘是什麼？

應聘者：只有工作狂才能生存。

佳誠服飾：你能把過去的工作做得更好嗎？

應聘者：當然能，因為我一直在挑戰自我，過去我每天工作十四小時，現在我的目標是每天工作十八小時。

佳誠服飾：總體而言，你認為一個合格的員工應該具備哪些素質？

應聘者：騾子般的體魄和耐性，狗一樣的嗅覺和忠誠，狼一樣的進取心，還有蝸牛般的食欲。

佳誠服飾：你的身體狀況如何？有什麼疾病史沒有？

應聘者：就要看和誰比了，和騾子比要強一些，和恐龍比可能要略差一點。其他毛病一概沒有——斗膽問一句：工作狂算不算病？

佳誠服飾：作為被面試者，請給我們打一下分。

應聘者：（羞羞答答，扭扭捏捏）您沈魚落雁羞花閉月傾國傾城國色天香比貴妃風韻比貂蟬苗條比西施味香比昭君貌美——缺點是，回頭率太高，容易引起交通隱患。（對女考官）

佳誠服飾：嗯，看來你很符合本公司的求才條件，明天上班！

23 那些發生在公車上的趣事

讓座

一老婦和一年輕女子起口角，事由大概是年輕女子不讓座，老婦繼而發飆，罵年輕女子沒家教，並擺起了長輩的口吻：

老：「妳家沒有老人嗎？」

嫩：「我家老人有自用車！要坐公車也不等上下班時間。」

老：「我們貢獻社會大半輩子了，哪有妳這樣不體諒老人家的。」

嫩：「我現在還在水深火熱地貢獻社會，上了十小時班站了十小時，哪有妳這麼不體諒後輩的，難道你無兒無孫？」

老：「沒有我們貢獻社會，哪能讓你們這代人舒舒服服地過？」

嫩：「現在沒有我們這代人繳稅，你哪來的老人優惠價？」

老人出絕招：「我不管，我現在呼吸很困難，不舒服，你讓我坐下來！」

此時已經有別人耐不住，要給老人讓座，老人不肯，誓死要讓嫩女難堪。

嫩女作最後反擊：「行行行，你別下車，我幫你叫救護車，免得你突然暴斃！我最討厭你這種倚老賣老的，插隊擠上車的時候就演成龍，上了車就演林黛玉！」

頓時道出全車心聲。

青春男女

某穿校服男生在講手機，像是在和小女朋友吵架。一開始，公車上的人見怪不怪，直到男生大聲對手機說：「妳不要哭了好不好！都說了不會懷孕的！妳都沒有來那個！怎麼會懷孕呢？」頓時，整個公車安靜了下來。

歐巴桑訓司機

我在起點乘車，在第二站上來一位四五十歲的婦女，我在前排坐，她在我旁邊坐下來，然後小聲自言自語說，倒楣，怎麼又是這個司機開車。沒想到讓司機聽見了，司機是個年輕人，就回過頭回應了她一句。沒想到這位女士也不是省油的燈，嗓門特別高，說我坐這趟公車幾年了，你們這些司機我哪個不熟悉，你什麼什麼時候壓到一個女孩的腳踏車，你還有什麼什麼時候和別的公車搶道撞了哪裡哪裡的樹，還有一次和××路公車司機為了搶道打架。我冤枉你了嗎？我冤枉你了嗎？？我冤枉你了嗎？

一路上，就不停地數落這個司機，沒有一句髒話，但是句句很厲害，這個司機居然就不吭聲了，鬱悶地開車。全車的人想笑忍著不敢笑。結局更可笑，司機大概一口氣嚥不下去，轉彎的時候擦撞到旁邊一輛私家車，這下這位女士更得意了，我說得沒錯吧，沒錯吧？哈哈……

緊急煞車

深夜，一公車最後一班後準備交車，司機回頭看，還有一位穿白衣服的女士坐在最後一排。

司機繼續開車，看看後視鏡，那女的沒了，司機大驚，趕忙緊急煞車，回頭一看，又坐那裡，司機心虛地又轉過頭繼續開車，小心地又看看後視鏡，女人又沒有了，司機真的嚇壞了趕忙又緊急煞車，回頭一看，那女人又出現了。司機幾乎快要崩潰，一身冷汗轉過頭繼續開車。

第三次司機又看看後視鏡，那女人又不見了，司機已經崩潰了，又是一個緊急煞車，但沒有再轉過頭去，這時那個女人緩慢地走到了他的面前，頭髮凌亂，滿臉是血，滴在他的腳上，此時司機身體已經僵硬了，不敢轉過頭去看她。那女人用很低沈的聲音說：「老娘和你有仇啊?老娘一蹲下綁鞋帶，你就緊急煞車，一蹲下綁鞋帶，你就緊急煞車……」

老骨頭保重

有位公車司機說話很活潑，我上班的時候坐過幾次他的車，有一次人超級多，多到恨不得坐到車頂上了，還有個奶奶拼命擠啊擠。

然後司機哥哥說話了：「奶奶啊，不要這麼拼命啦，你這一身老骨頭擠散了，到時候人家都不知道怎麼拼回去哦！」

全車orz……

24 創意把妹九連環

宅男們看過來！覺得把妹很困難嗎？這裡為你公開情場殺手的九連環必殺技，不但創意十足而且成功率頗高哦！

創意第一回

男：「哎，問你一個私人問題？」

女：「什麼？」

男：「妳有沒有男朋友啊？」（之前必須調查她還沒有！）

女：「沒有啊！」

男：「要不要我給妳介紹一個？」

女：「誰啊？」

男：「那人跟我同姓，叫做……」（委婉而神祕地說出自己的名字。）

創意第二回

男：「我們打個賭？」（很多東西可以用來打賭。）

女：「賭什麼啊？」

男假裝思考：「嗯……賭妳輸了的話做我女朋友，我輸了的話做妳男朋友。」

女的一般表現：會笑，並且打你。男的抓緊時間追問她賭不賭，並順勢抓住她的手。氣氛好的話可以把她抱在懷裡哦……

創意第三回

男：「妳能不能幫我一個忙啊？」

女：「什麼？」

男：「我買了一把玫瑰花，妳幫我照顧幾天。」

創意第四回

男：「我一直把妳當做最好的朋友，有一個祕密很想跟妳說。」
女：「什麼祕密啊？」
男：「我喜歡上了一個女孩，不知道該怎麼辦。」
女：「告訴她囉！」
男：（注意觀察她的表情）「我怕她不喜歡我，那可怎麼辦呢？」
女：「……」
男：（不用管她說什麼。）「其實妳認識她的。」
女：「哦？誰啊？」
男：「嗯……」（猶豫，然後轉到她耳邊，輕聲說出她的名字。）

創意第五回

男：「喂，想不想談戀愛啊？」（以情侶多的地方為基本環境。）
女：「不想。」

男：「妳心理有毛病，書上說這叫愛無能。」
女：「你才有毛病呢！」
男：「真的！看在朋友一場的份上，我想犧牲自己拯救妳一把。」
女：「考慮考慮！」
男：「我也有點想，咱們湊合一下吧！」

創意第六回

男：「我家的狗最近老是吃不下飯。」
女：「怎麼了？生病了嗎？」
男：「沒病，牠說想妳了！」（一般電話裡比較合適，並且男方家裡真的有養狗。）

創意第七回

過馬路時。
男：「來，小朋友，哥哥帶你過馬路。」（趕緊抓住她的手哦！過完馬路也牽著別放下。）

創意第八回

男：「最近我老是做夢。」

女：「怎麼了？」

男：「我夢見一個女人……（隨便編點什麼，不管她說什麼。）唉！那人怎麼越看越像妳……」

創意第九回

男：「唱首歌給妳聽吧？」

女：「好啊！」

男：「……」（選擇一首有代表性的歌曲，輕聲哼唱，必須練習好哦！唱完之後把那句經典的歌詞說出來，深情地注視她。）

通常如果能確實執行這九連環，雙方戀情一定能有突破性的進展。

25 史上九大蠢事

1.

一位在競選活動的民意調查中落後的日本政治家，為了獲得同情的支援選票，製造出被人暗殺的假象。為了使暗殺看上去確有其事，這位政客用刀在自己腿上砍了一刀。沒想到砍斷了動脈，血流如注。在發表最後的競選演說之前，他就一命嗚呼了。

2.

一九七一年，一位住在美國亞利桑納的人開槍打傷了自己。這倒沒有什麼可大驚小怪的，這種事情時有發生。可是為了提高呼救聲的分貝，這位受傷的人又開了一槍打中了另外一條腿。

3.

十七世紀的西班牙國王菲利普三世因發燒而去世，他的高燒是由於長時間坐在爐火旁而引起的。既然他知道它的溫度高，可是為什麼這位國王不從爐火那裡移開呢？因為那不是他作為國王的工作。宮廷裡負責照看爐火的傭人沒有上班，他的工作就是把國王的坐椅往後拉。

4.

一個法國人一九九八年嘗試一次複雜的自殺。他站在一個高高的懸崖上，在脖子上套上一個索套，把繩索固定在一塊巨大的岩石上。然後他喝下了毒藥，並開始自焚。在從懸崖上跳下去的時候，他又朝著自己的腦袋開了一槍。子彈沒有打中目標，反而打穿了繩索，因此他掉到了海裡而沒能吊死。冰冷的海水撲滅了他衣服上的火焰，而且這種衝擊力使他把毒藥嘔吐出來。一位漁民把他從水裡拖了起來，送到醫院，結果他由於體溫過低而死亡。

5.

紐約的一個反吸毒組織向在校小學生免費發放鉛筆，鉛筆上印有反毒品文字：「聰明人不要碰毒品」（Too Cool To Do Drugs）。當鉛筆被削尖用完了一截後，那文字就變成了「聰明人要碰毒品」（Cool To Do Drugs）；再用掉一小截就又變成「要碰毒品」（Do Drugs）。

6.

胡奧．菲格雷多將軍在一九七九年被選為巴西總統之後，馬上表現出權力政治的風格。「我要使這個國家邁向民主開放，」他高興地宣佈，「我將把任何反對民主的人關入監獄，把他們砸碎！」

7.

一九三二年洛杉磯奧運會。當法國的朱利．內爾打破了鐵餅的奧運會紀錄時，他那獲勝的一擲被判無效——並非他違反了任何比賽規則，而是因為所有本應該注視著鐵餅比賽的裁判員都轉過頭去觀看撐竿跳高了。

8.

在投籃計時器還沒出現之前，伊利諾伊州有過這樣一場比賽：比賽開始不久，喬治城隊罰球得了一分，接著他們就把球藏起來了，霍馬隊的隊員毫無辦法，只好在球場上席地而坐，而裁判則在看報紙。當比賽時間結束時，喬治城隊開始慶祝他們一比零的勝利。

9.

一九六八年，底特律的一個竊賊帶著他的愛犬入室行竊。當警察發現時，竊賊倉皇逃走，卻把愛犬留在裡面。警察非常容易地就抓住了竊賊，因為他們對狗說了句：「回家，寶貝！」

26 體檢笑料一籮筐

小學有一回打預防針，打完我就昏倒在地上。被送到急診室之後，模模糊糊開始恢復意識，當時那個女醫生用手指掐我耳朵，很痛。

我當時以為是類似掐人中之類的搶救辦法，就默默地承受了。結果，那個女醫生說：「這孩子不行了，這麼掐都沒反應。」把我媽嚇得坐在地上就哭！

心臟在右邊

某人在醫院做胸腔X光檢查，剛一上X光機，醫生就大呼小叫地呼喊其他幾位醫生：「快來，快來，我做了二十年醫生，今天總算碰上一個——看，這人的心臟是不是長在右邊？」

眾大夫：「還真是吔！」這時，受檢查者從X光機後轉過頭來怯怯地問：「不會吧，怎麼從來沒人跟我說過呢？」

「靠，誰讓你背對著我的，給我轉過來！」暈倒一片！

聽力不佳

測試聽力時，會用一個耳機發出不同音量和頻率的聲音，測試是否聽得到。某男子怎麼也聽不到，年輕女醫生不停地放大音量，但還是聽不見。

於是，女醫生問他：「你打過炮嗎？」一下子滿屋寂靜。

男子憋得臉紅脖子粗小聲說：「打過，可是有什麼關係嗎？」

「哦，我是說，你當兵時是不是砲兵？」又暈倒一片！

沒那麼困難

中學畢業前體檢，事前老師通知每個同學第二天用火柴盒裝好自己的便便帶到醫院，有個男同學由於老師通知的時候他不在，第二天兩手空空去了醫院。

到了腸胃科，醫生給了那個同學一根棉花棒，讓他去廁所過了將近十分鐘，那個同學還沒從廁所出來，醫生走到廁所門口問：「你好了沒有啊？」只聽裡面那個男同學用一種很痛苦的聲音回答：「啊就拉不出來！」這時，只看到那位女醫生翻了一下白眼大叫：「誰讓你真拉呀，只要用棉花棒往裡面戳進去就可以了！」

色盲檢查

中學的時候體檢有一項是檢查色盲的，拿一個本子，每一頁都是一些不同顏色的小碎片拼成的圖案，不知大家是不是一樣。有的是數字，有的是簡單的畫。我們一個一個上去看，跟醫生報告自己看到了什麼東西，一般都沒什麼大問題，畢竟從小學開始就體檢嘛！

結果，有一位同學平時超級努力讀書的那種，上去拿過本子扶了扶眼鏡說了一句讓我們全部跌倒的話：「我看到，一堆玻璃碎片。」

複誦

中學時候也測聽力。我們班的那傢伙上去，醫生說等一下我說什麼你聽到就複誦一遍。又給了他兩個耳塞（測聽力時用的），然後叫那傢伙站到幾公尺外的地方。醫生說：「把耳塞戴上。」

那傢伙就照著說：「把耳塞戴上。」

醫生急了就叫道：「我說，把耳塞戴上你聽到了嗎？」

那傢伙繼續大吼：「我說，把耳塞戴上你聽到了嗎？」

在場排隊的所有人，捧腹大笑了好幾分鐘。

27 超經典周星馳把妹對白

狀況一：公車站牌

周星馳：「小姐妳踩到我腳了。」

漂亮美眉：「沒有吧，我離妳那麼遠。」

周星馳：「我是說，如果你把腳不小心放在了我腳上，就是踩到我腳了。」

漂亮美眉：「神經病！」

周星馳：「哇，小姐好眼力，我確實有神經病史，通常看到漂亮的女孩就發作。」

漂亮美眉：「你們男人總是那樣，說些無聊的話題故意吸引女孩子注意，好像以為自己很帥。」

周星馳：「小姐妳錯了，我從不以為我自己帥，而是我本身就很帥。」

漂亮美眉：「別那麼噁心了好吧，我快要吐了。」

周星馳：「在妳吐之前我可以問你個問題嗎？」

漂亮美眉：「有屁快放！」

周星馳：「妳為什麼要昧著良心否定我帥？」

漂亮美眉：「滾！」

狀況二：公車上

漂亮美眉：「怎麼又是你？」

周星馳：「有時候我的確無處不在。」

漂亮美眉：「你知不知道你很煩人，那麼多位子不坐，偏要坐我旁邊。」

周星馳：「小姐，妳搞清楚，我只是坐了個空位子，而空位子的旁邊，剛好有個你，如此而已。」

漂亮美眉：「前面也有個空位子你怎麼不去？」

周星馳：「噢，我明白了，原來妳是想看我屁股，或者我用屁股看妳。」

漂亮美眉：「快滾！」

狀況三：下了公車

漂亮美眉：「你為什麼又下車？」

周星馳：「反正不是因為妳，我喜歡閒逛。」

漂亮美眉：「我告你性騷擾，你哪個單位的？」

周星馳：「妳是說焦耳，還是牛頓？」

漂亮美眉：「我跟你熟嗎？老說這種無厘頭的話，對不起，我沒好感。」

周星馳：「是啊，我們一點都不熟，我們好比一個枝頭上的兩顆青草莓，酸酸的。」

漂亮美眉：「看了幾次《大話西遊》學了幾句唐僧話，你以為你很幽默嗎？」

周星馳：「幽默是天生的，要怪，妳去怪我媽嘛，對了，還有我爸爸。」

漂亮美眉：「神經！」

周星馳：「妳媽神經。」

漂亮美眉：「你媽神經！」
周星馳：「妳看妳，明明是妳媽卻硬要說是我媽，莫非妳想……」
漂亮美眉：「給我滾！」

狀況四：肯德基門口

漂亮美眉：「不會吧，我怎麼那麼倒楣又遇到你！」
周星馳：「我也發覺了，我想我前輩子的罪一定很重。」
漂亮美眉：「你說清楚點，小心我扁你！」
周星馳：「妳敢，我會叫的。」
漂亮美眉：「叫什麼？」
周星馳：「非禮呀！」
漂亮美眉：「你以為會有人理你嗎？」
周星馳：「沒有也好，我非禮回來好了。」
漂亮美眉：「天哪，你這樣的無賴都有，真是瞎了老天的眼。」
周星馳：「嗯，是啊，不然這個世界上也不會存在所謂的精英。」

漂亮美眉：「……」

狀況五：肯德基裡

漂亮美眉：「別說話，你一說話我就煩！」
周星馳：「我還沒說呀，講點道理好不好。」
漂亮美眉：「我都叫你別說了，你說起話來像蒼蠅，噁心死了！」
周星馳：「哦，本人的話能起到這麼大的作用，實在是驚天地，泣鬼神，我可以去做兼職了。」
漂亮美眉：「做什麼？」
周星馳：「去醫院幫人洗胃。」
漂亮美眉：「你沒得救了，早點回去料理後事吧。」
周星馳：「臨死前我沒有什麼要求，我只想對妳說幾個字，又怕妳不答應，妳答應嗎？」
漂亮美眉：「說吧，合理的要求可以考慮。」
周星馳：「這頓肯德基妳請我好嗎？」

漂亮美眉：「去死！」

狀況六：出肯德基

漂亮美眉：「你沒有女朋友嗎？星期天一個人閒逛。」

周星馳：「準確地說我沒有女朋友，但有女性朋友，妳問這個幹嘛？」

漂亮美眉：「沒什麼啊，關心你的終身大事，不好嗎？」

周星馳：「好，怎麼不好，妳好像一個我深愛的人。」

漂亮美眉：「誰？」

周星馳：「我老媽，她也老喜歡問這問那。」

漂亮美眉：「要不是街上這麼多人看著，我真想揍你！」

周星馳：「我都不怕別人看見妳揍我，妳怕什麼呀，妳呢，不陪男朋友嗎？」

漂亮美眉：「不要你管！」

周星馳：「哦，明白了，被男朋友拋棄了，揍我想找心理平衡。」

漂亮美眉：「狗嘴裡吐不出象牙，明說吧，我不想找了。」

周星馳：「考慮一下我吧，我吃點虧。」

漂亮美眉：「求你別再噁心了！」
周星馳：「我可以無條件充當妳的臨時演員，需要男朋友的時候請打××××××。」
漂亮美眉：「到時候再說吧。」
周星馳：「告訴我妳的電話好嗎？」
漂亮美眉：「到時候再說，再煩我罵你了呀！」
周星馳：「好呀，那妳就發個簡訊罵我。」
漂亮美眉：「……」

28 救老婆先，還是救老媽先？

歷史遺留爭論多年的問題：老婆和老媽同時掉在了水裡，你先救哪個?經過對諸位先聖先賢的仔細考證，現在終於有答案了——

周幽王

老婆和老媽落水了當然得先救老婆了。想當年我為了逗親愛的褒姒笑一笑，連江山都不要了，連自己的小命都不要了，何況是老媽?

再說這死老太婆在立太子的時候老是偏向我弟弟，害得我差點都沒當成太子。

「情深深雨濛濛，我對你的愛很深，褒姒我來救妳了！」周幽王撲通一聲跳進了水裡。

劉備

兄弟如手足，老婆如衣服，衣破尚可補，手足斷安可續？只要我二弟和三弟沒掉水裡就行了，其他人我可不管他。

「老婆，老媽，妳們死得好慘呀！」劉備一頭栽在河旁邊，號啕大哭起來。

孟子

從小死了老爸，老媽拉拔我不容易，為了讓我健康成長，又搬了三次的家，給我吃好的穿好的就是為了讓我有出息。

老媽和老婆落水當然先救老媽了，萬惡淫為首，百善孝為先嘛！老婆死了我可以再找一個，老媽死了可不能再找一個，再找一個那就是後母了。聽說後母沒幾個好的。

「世上只有媽媽好，沒媽的孩子像根草。老媽，我來救妳了！」孟子撲通一聲跳下了水。

莊子

生又何歡，死又何哀？其始而本無生；非徒無生也，而本無形；非徒無形也。老媽和老婆死了就死好了，不過是從有形的元氣狀態回到了無形的元氣狀態，有什麼好傷心的呢？救她們幹什麼呢？誰都不救啦！

「對面的女孩看過來，看過來，看過來。」莊子分開雙腿像簸箕一樣坐著，手中拿著一個瓦罐，邊敲邊唱，看著老婆和老媽慢慢地淹沒在水中，滿臉快快樂樂的樣子。

和珅

老婆和老媽落水就落水吧，反正我愛的是錢，錢就是我的老婆，錢就是我的親娘。

我說老婆和老媽呀，妳們就不能穿差一點的衣服再掉到河裡呀，可惜了妳們頭上的那些金釵首飾呀！

「有什麼都好妳就別有病，沒什麼都行妳就別沒錢。」和珅一邊看著他老婆和老媽慢慢地沉下去，一邊歎息著。

王勃

手心手背都是肉，老婆是自己最愛的人，老媽是自己最親的人，怎麼辦呢？不管他，先跳下去，看看離誰最近就先救誰吧！

王勃撲通一聲跳了下去。

「不好，我忘了自己不會游泳了。」王勃咕嚕嚕地喝了幾口水，也慢慢地沉了下去。一代才子王勃，就是因為此事溺水而死的。

孫悟空

我是從石頭縫裡蹦出來的，沒有老媽，所以不存在老媽落水的問題；我是個和尚，沒有老婆，所以不存在老婆落水的問題。不存在老媽落水的問題，也不存在老婆落水的問題，就更不會存在老媽和老婆同時落水的問題。這般弱智的問題，也不知道是哪個豬頭想出來的，簡直比我師弟豬八戒還蠢！

曹操

寧叫我負天下人，休叫天下人負我。管他是老婆還是老媽了，只要不是我掉水裡就行了。

「輕輕的我走了，正如我輕輕的來，我揮一揮手，不帶走一片雲彩。」曹操哼著詩提著劍，慢慢地走遠了。

屈原

這個世界太黑暗了，這個國家太腐敗了，活著也沒啥意思，不如都死了乾淨，滄浪之水清兮，可以濯吾纓，滄浪之水濁兮，可以濯吾足。投身於河水中倒是一個挺好的歸宿。

「現在的一片天，是骯髒的一片天，星星在文明的天空裡再也看不見。老婆，老媽，我和妳們一起死！」屈原一邊唱著一邊跳進了水裡。

（讀品讀者回函卡）

夭壽讚的笑話大 PK

■ 謝謝您購買這本書，請詳細填寫本卡各欄後寄回，我們每月將抽選一百名回函讀者寄出精美禮物，並享有生日當月購書優惠！
想知道更多更即時的消息，請搜尋“永續圖書粉絲團”

■ 您也可以使用傳真或是掃描圖檔寄回公司信箱，謝謝。
傳真電話：（02）8647-3660　　信箱：yungjiuh@ms45.hinet.net

◆ 姓名：＿＿＿＿＿＿＿＿　□男 □女　□單身 □已婚

◆ 生日：＿＿＿＿＿＿＿＿　□非會員　□已是會員

◆ **E-mail**：＿＿＿＿＿＿＿＿　電話：(　)＿＿＿＿

◆ 地址：＿＿＿＿＿＿＿＿＿＿＿＿＿＿＿＿

◆ 學歷：□高中以下 □專科或大學 □研究所以上 □其他＿＿＿＿

◆ 職業：□學生 □資訊 □製造 □行銷 □服務 □金融
□傳播 □公教 □軍警 □自由 □家管 □其他＿＿＿＿

◆ 閱讀嗜好：□兩性 □心理 □勵志 □傳記 □文學 □健康
□財經 □企管 □行銷 □休閒 □小說 □其他

◆ 您平均一年購書：□ 5本以下 □ 6～10本 □ 11～20本
□21～30本以下 □ 30本以上

◆ 購買此書的金額：＿＿＿＿＿＿

◆ 購自：□連鎖書店 □一般書局 □量販店 □超商 □書展
□郵購 □網路訂購 □其他

◆ 您購買此書的原因：□書名 □作者 □內容 □封面
□版面設計 □其他

◆ 建議改進：□內容 □封面 □版面設計 □其他＿＿＿＿

您的建議：

新北市汐止區大同路三段194號9樓之1讀品文化收」

廣 告 回 信
基隆郵局登記證
基隆廣字第 55 號

2 2 1-0 3

新北市汐止區大同路三段 194 號 9 樓之 1

讀品文化事業有限公司 收

電話/(02)8647-3663　傳真/(02)8647-3660

劃撥帳號/18669219　永續圖書有限公司

請沿此虛線對折免貼郵票或以傳真、掃描方式寄回本公司，謝謝！

讀好書品嚐人生的美味

夭壽讚的笑話大PK